回到梦开始的地方

沈小华 著

南方出版社

图书在版编目（CIP）数据

回到梦开始的地方 / 沈小华著 . —海口：南方出版社，2022.5

ISBN 978-7-5501-7578-5

Ⅰ . ①回… Ⅱ . ①沈… Ⅲ . ①散文集－中国－当代 Ⅳ . ① I267

中国版本图书馆 CIP 数据核字（2022）第 064828 号

回到梦开始的地方
HUIDAO MENG KAISHI DE DIFANG

沈小华　著

责任编辑：古莉
出版发行：南方出版社
地　　址：海南省海口市和平大道 70 号
邮　　编：570208
电　　话：0898-66160822
传　　真：0898-66160830
经　　销：全国新华书店
印　　刷：湖南省众鑫印务有限公司
版　　次：2022 年 5 月第 1 版
印　　次：2022 年 5 月第 1 次印刷
开　　本：880mm×1230mm　1/32
印　　张：9
字　　数：180 千字
定　　价：48.00 元

目　录

第二辑　阅读是一种救赎

第三辑　接近世间那些珍贵而无用的东西

第一辑

缘分难得，珍惜之

读一本书，为书里的故事激动悲伤，这种事情，多久没有发生过了？

我相信，每个人内心都有一个遥远的地方在沉睡，需要在梦中被撕扯推拉——那些关乎人的命运的，关乎信仰的，关乎哭泣、愤怒、悲哀、诅咒、欢乐和爱情的故事，总会在某个意想不到的时刻撼动你的心，让你瞬间觉得，这是我。

灵魂聚集一处获得的温暖

2009 年，村上春树获得耶路撒冷文学奖，他发表了名噪一时的获奖感言《高墙与鸡蛋》。

"在一堵坚硬的高墙和一只撞向它的蛋之间，我会永远站在蛋这一边。"

这个演讲被广为传诵。虽然墙仍然是墙，蛋也终于只是蛋而已。但我们还知道，在这个世界上，毕竟有这样的作家，不把"以卵击石"当作不自量力的笑话——生命是脆弱的，但是，有超出生命而存在的某种东西，值得用生命去追求。

说起来，读村上的小说有 20 多年了吧。很奇怪的，被广为追捧的《挪威的森林》，我并不喜欢。冲着村上的面子，我还看过由小说改编的电影和电视，那叫一个惨不忍睹。个人感觉，有的作品，天生适合改编电影，比如简·奥斯丁的小说，一段文字就是一幅画面，颇得韩剧神韵；而有的小说，只能靠文字传达魅力，比如村上春树。

大概 20 年前的某天，我去书店挑书，那时还不流行网购。

我在一排排书架前逡巡，突然旁边有人从书架上取下一本厚厚的书，递给我说："看看这本吧！"

见我一脸茫然，他又说："如果看过 50 页，你还不喜欢，拿来还给我。"

他是书店的大堂经理，一个端正的年轻人。据他说，是因为我经常去书店，他注意我好久了，凭直觉认定我会喜欢这本书。

我把书带回去了，没看过 50 页，就被深深迷住——这本书直到今天都是我最喜欢的小说之一，隔段时间就会重新读一遍，以至书中的很多段落都能一字不差地背诵。熟人被好奇心驱使，也翻过这本书，最终却无奈地放弃了：实在看不下去啦，它在说什么？

这本书就是村上春树的长篇小说——《奇鸟行状录》。

70 多年前钢铁绞肉机般的诺门罕战役；中蒙边境上那口令人绝望的深井；每天一掠而过仅有 4 秒钟的迷眩日照；还有"我"跟命运的不屈纠缠，寻找离奇失踪的妻子，摆脱神秘的黑暗潜流……光影交错，目不暇接。

我曾跟这本书的中文翻译林少华先生交流过自己的体会，作为村上作品的权威译者，他居然跟我一样，在村上所有作品中，最为推崇的就是《奇鸟行状录》！他用和小说里人物颇为相似的口吻说："喜欢《奇鸟行状录》的人不多，但喜欢的人就喜欢得不得了——或者它是有一种神奇的魔力亦未可知。"

真的很难说清楚迷恋这本书的原因。作者以淡定的、洗练的、诙谐的、富有现代知性理性感性的笔致与口吻，绵绵讲述当代的"天方夜谭"，想落天外又妙趣横生，让我从此对号称"意识流""穿越体"的蹩脚流水线产品，产生了类乎绝缘的免疫力。

这本书里的主人公，也许是村上所有小说中，最适合做他所谓"高墙下的鸡蛋"的诠释者的人——孤独地自绝地撞向无比坚硬而黑暗的"墙"，在人们都服从于错误和谎言的时候，即使脆弱，仍能站出来说："这不是真的！"

感谢那个经理。他说自己向好多人推荐过《奇鸟行状录》，但大部分人没看完就还给他了。不是我比别人高明，只是我幸运。我只是在讲述自己与一本书的际遇，就像我也会中意于某个品牌的面霜，一直使用它一样。

几年后的某一天，那位和我常有联系的经理，忽然离开了书店。像村上小说中的很多人物一般，转身就走，不说再见，从我的生活里消失得干干净净。

……

这几天又在重读《奇鸟行状录》，想起了和这本书的相遇，以及那个擅长解读人与书之间"密码"的年轻人。

是的，我们都是世界上一个个孤独的蛋，面对着形形色色的高墙，"假如我们有赢的希望，那一定来自我们对于自身及他人灵魂绝对的独特性和不可替代性的信任，来自我们灵魂聚集一处获得的温暖"。

出走和回归

时至岁末，一条新闻忽然跳入视线：年已90岁的作家米兰·昆德拉，在流亡法国43年后，重新获得了捷克国籍。

他终于还是回归了，回到了自己的祖国和故乡。尽管在很长时间里，他拒不承认自己是一个"流亡作家"，宣称"我把布拉格带走了：它的气息、味道、语言、风景和文化"。

我很早就开始读昆德拉，但是一直对他喜欢不起来。他的书，与其说是用故事和人物击打人心，不如说是凭借哲理更胜一筹，但是，他写的又确确实实是"小说"。

矛盾。——把它仅当做小说来读，恐失之于肤浅；当做是哲理著作，又完全丧失了阅读小说的种种乐趣。于是每看完一部昆德拉的小说，我都不免要郁闷一阵，心情沉重思绪纠结，很难去定义他的小说带给我的冲击，它总是刚陪伴我度过了一段混乱的时光，又替我开启了另一段更加混乱的时期。

但不管我喜欢不喜欢，他是一个无法躲避的作家，在今天的生活中，昆德拉式的语言已经漫天飞舞，触目皆是。

看看他这些小说和演讲的标题：

《生命不可承受之轻》。我们每天都痛感生活的艰辛与沉重，无数次目睹了生命在各种重压下的扭曲与变形。但是，昆德拉替我们描述了另外一种恐惧——当没有期待、无需任何付出和挣扎的时候，这其实是在消耗生命的活力与精神。

《为了告别的聚会》。无法忘记他描述的战争中孩子的眼睛：静静看着空中掠过射出子弹的战机，看着坦克车的炮火摧毁了家园学校，看着四散奔逃的人们在血泊中哀鸣……

《生活在别处》。从现在起，开始谨慎地选择自己的生活，不再迷失在各种诱惑里，我的每一步都决定着最后的结局，我的脚正在走向自己选定的终点。

《人类一思考，上帝就发笑》。不必担心这个笑声，只有当人类反思自身弱点并努力发现人性的光芒时，上帝才会发出如此的笑声。或许人类一旦停止思考，上帝更会震怒。

……

不仅如此。他的出走和回归，还让我想起了其他的作家。

比如木心。木心出身浙江乌镇的诗书之家，学贯中西，少年时代即开始写作，"文革"中蒙冤坐牢。1982 年，木心选择了出走，他远赴纽约，59 岁作品首次出版。

但年近八旬时，他回到了故乡乌镇，彼时他已经在祖国获得了盛名。他在故乡度过了人生的最后一段时光。临死前，他偷偷写道："向世界出发，流亡，千山万水，天涯海角，一直流亡到祖国、故乡。"（这是陈丹青在他的遗稿中发现的）

我去过乌镇很多次——我见识也晚，木心去世后才知道这个人。每每走在乌镇的东栅西栅时，我都会想，到底是什么促使了木心的回乡？暮年住在乌镇的他，又在想些什么？是像很多人说的"叶落归根"吗？

　　又比如托尔斯泰。托翁晚年的画像，长髯飘飘，拂过遍布皱纹的脸颊，一如米开朗琪罗笔下的摩西。同时代的俄国人说："我们有两个沙皇，尼古拉二世和托尔斯泰。"

　　和昆德拉、木心相反，托尔斯泰在暮年，选择的是出走——是灵魂的忏悔，还是剧烈的矛盾？俄罗斯作家有自省的习惯，有分裂的灵魂，比如果戈理死前焚毁了《死魂灵》，陀思妥耶夫斯基被精神分裂症困扰……

　　托尔斯泰一直在和自己交战，一生都在矛盾中度过，从未跟内心的自我和平相处：理智使他觉得自己的生活是有价值的，信仰却让他相信自己犯有罪过……在 82 岁时，他抛弃一切离家出走了，途中患了肺炎，最终客死在冰天雪地里的一个小火车站。

　　但不知为何，总觉得还是这个纠结的托尔斯泰最得我心。

毛姆的可爱和可恨

威廉·萨默塞特·毛姆，我喜欢的英国小说家。

很久以前，自我读完他第一本小说起，我就一次又一次神差鬼使地登上他那条开往全世界的"贼船"，只要市面上能见到的他的小说，都会想方设法找来，尤其是他的各类短篇小说选集——短篇小说是他的强项啊！他潇潇洒洒冷眼旁观世间的熙熙攘攘，人情冷暖，风花雪月，从不列颠的海滨小城，到佛罗伦萨的月光，到有中国屏风的客厅，再到风光旖旎的热带群岛，他的"魅影"无处不在。

这不，译林社新版的《毛姆短篇小说精选集》又到了。正是出不了门的台风天气，台风天待在家里，听着外面的狂风暴雨读毛姆，就像是在听一位穿着三件套西装，胸前口袋插着领巾的老绅士，在雨天的咖啡馆边抽雪茄边讲故事。

这部选集里一共有23个短篇，有的我看过，有的则是第一次读。

《雨》。一个有信仰的卫道士与一个堕落的妓女，谁更可悲，未可知。带来毁灭的，往往是掺杂伪善的信仰，毁灭的不仅是他人，更是信仰者本身。

《生活的事实》。一个没"意义"却特别有趣的故事，对传统观念冷嘲热讽。"你那位公子是天生走运的命，依我看，这比聪明天诞和富贵天生还要强得多哪！"一语中的。

《舞男舞女》。一对为了生计铤而走险的夫妇，把他人生命当做乐子的贵族，形成了强烈反差。那个靠搏命式的演出挣钱的妻子，最后活下来了吗？不知道。

《狮皮》。一个演员，如果演技高超到蒙骗了自己，甚至甘愿为这个角色付出自己的生命，这还叫演戏吗？对一个伪装的绅士来说，身份与精神哪一个更真实？没有答案。

《赴宴之前》。如果说米莉森特弑夫的行为尚能理解的话，那她竟风轻云淡地将一切告知了家人，迫使他们一道承担负罪感，况且她的父亲还是位律师——也太恐怖了。毛姆笔下的女人，真是既可悲，又令人生畏。

还有，雄心勃勃的城市青年为何远遁塔希提岛，宁可与世无争度过此生？男人为了不被指责甩掉未婚妻，选择在爱的幌子下慢慢耗尽她的耐心。伪善的绅士面对求助，如何不动声色地酝酿阴险……

还是毛姆小说的一贯风格——毫不留情地剖开亲情、友情与爱情的虚假皮囊，展示着人性之复杂幽暗深邃，笔锋凌厉，睿智又别有风味，表现出他"骑墙"的三观。

都知道毛姆"心胸狭窄""尖酸刻薄"，既自恋又自卑，既敏感又尖锐。他一路走来，把世人的悲情苦楚和绯闻八卦都信手拈来，擀擀皮，加点馅，在世界的风情汤水中滚滚而过，一锅美味的饺子就摆上了盘。至于饺子馅是不是咸了，调料酱是不是够味，那就看读者自己的心情和造化了，讲故事的毛姆既不关心也不介意。

他的写作也从来就是"灭绝人性"的。他笔如利刃，刀刀见血，世人个个在他的刀刃下现出了原形。说他三观"骑墙"，是因为他从不提供道德楷模，他笔下那些美丽的皮囊，无不被戴着枷锁的人性箍住，终有一日化作尘土，早早结局倒是好事，这真是让那些"阅读是为了追求美好"的读者，简直感觉受到了"非礼"。

不过这样不也挺好。

毛姆喜欢用第一人称写作，需要结论的时候，大多只是问句，如电影里没有感情的画外旁白，是非对错，都交给读者，万种滋味，由你自己去品，他本人从不耳提面命。这样的表达方式真的是深得我心。

他无疑是我见过的"最会讲故事的人"。

他一直坚信：故事才是硬道理。读过他的小说，我们就知道，不要说描述性的细节，就是形容词他都用得极俭省，他从不在细节上流连，总是腿脚利索地直奔下文。他最大的好处，就是不停地为你端上情节的盛宴——你一旦翻开他的书，就再也放不下。

远为辽阔和恢弘的心

　　杨绛先生有这样的话："有一种人天生具有古典情操，终其一生，只需要和某一个人发生深切的关系就足够，因为他对于外部的人际世界没有太多的好奇和需求……"她在《我们仨》里很伤感地写道："我一个人思念我们仨。"他们一家，家人之间很少言爱，却很懂爱，而且爱得自成一格，没有套路，也没有概念。

　　相反的例子是玛格丽特·杜拉斯。16 岁的她在出生地越南，遇见了一个有钱的中国男人，这段情感让她写出了惊世骇俗的《情人》。杜拉斯一生浪漫史不断，直到晚年依然如此。70 岁的杜拉斯带着 27 岁的情人杨·安德烈亚到处抛头露面，记者忍不住吐槽："这总该是您最后一次爱情了吧？"她笑着回答："怎么知道呢？"

　　读过许多描写东京的书，最欣赏的是永井荷风的《晴日木屐》。他中年以后隐居东京，从不离开，在他笔下，松树的暗绿，晚霞的浓紫和夕阳的红艳，是东京特有的色彩，他说："我哪儿都不想去。"《晴日木屐》就是一本闲逛江户时期东京街道的书，晴天雨日里，他穿一双木屐，晃晃悠悠，穿街走巷，灵感倍现，大隐隐于市。

相反的例子是海明威。这是一个永远不能停下自己脚步的作家，他不是驾船在太平洋上捕鲸，就是到乞力马扎罗山峰去猎豹。他晚年住在古巴的一个岛上，他的书房，像是游猎途中的一个栖息地——墙上挂着兽皮，猎枪很多，根本就是个半开放的生活空间，四壁都是窗子，空气里有淡淡的海水味，那是动荡的味道。

看《东京梦华录笺注》。——傍晚，劳作了一天的百姓，吃罢晚饭，奔向夜市。在摊子上喝杯消食的紫苏水或豆蔻汤，或是甘草片、梅子膏，看秀才卖酸文，按顾客的要求，信口编段子，看伎人杂耍，花几文钱就可以点戏；逛饿了，吃碗槐叶或是甘菊冷淘、麻豆腐、羊肉汤……各方人士带来的纷杂的饮食习惯和美食汇集在这里，一股子逼真的日常生活气息扑面而来，热闹非凡。

也有人是热闹的绝缘体。李碧华的人物独具一格，故事别出心裁、离奇瑰丽，是一般的言情小说不能比拟的。只需想想《霸王别姬》中的张国荣，《青蛇》里的张曼玉，《胭脂扣》里的梅艳芳，《诱僧》中的陈冲，那份妖冶、细腻、诡异、凄艳，达到了极致。但她是个神秘的人，鲜见照片，更不举行签售会之类。她有婚姻吗？家住哪里？……是个谜。

……

有多少人，就有多少种生活。世界本来如此。

文字与人之间，有时存在一种隐晦的内在联系，毛姆说过，"艾米莉·狄金森有一段失败的爱情，然后隐居多年，爱伦·坡喜欢烈酒，却对朋友背信弃义，然而这些既不会让前者的诗歌更出彩，也不会让后者的诗歌变逊色"。

文字只是一个人内心的"山河故人"，它们承载着作者的经历磨砺，情感折磨，狂暴和温和，欢乐和绝望……身外风雨飘摇，境遇支离破碎，它们倔强地存活于人的精神里，久而久之，甚至会生出一股浑然安居的气象。

村上春树的母校——日本早稻田大学，专门为这个久居美国的日本作家建立了"村上图书馆"（很高的荣誉），村上为此回母校做了揭馆演讲，谈及图书馆的馆训"开启故事，诉说心灵"时，他是这样说的："诉说心灵看似简单，实则很难……我们平时以为这就是自己的心的，其实不过是心的一小部分。也就是说，我们的'意识'，不过类似我们从心这泓池水中打出来的一桶水罢了，其余的领域尚未触及，作为未知部分剩留下来。而真正不断驱动我们生活的，乃是这些剩留的心——不是意识不是逻辑，是远为辽阔和恢弘的心。"

有　趣

　　有些人，我关注他们，不是他们多么智慧，而是因为他们有趣。

　　他们总有一种隐藏的激情，平淡生活总能有那么点动心之处，让看的人也能燃起一种欣喜。比如"香港食神"蔡澜先生，他清晨五点半，先约朋友去巷子里早餐铺吃早餐，铜锣湾一家24小时小店，像自家的客厅；半小时后，再去上环毕街的"生记"，接着吃第二轮，小菜小面，仍然是少吃，留有余地的；再去九龙街市喝浓浓的奶茶，第三轮；吃得开心，聊得开心，接着去筲箕湾吃牛腩捞……一个早上，味蕾、感观丰富变幻，花小钱，转转场，说点贴心话，作为作家和美食家的他生活五彩缤纷，真正是赚到了。

　　又比如写《闲情偶寄》的李渔，他一生多病，几乎像神农一样，遍尝百药，但到了老年却不再吃药。他深感医生和药不是万能的，而多做平时一贯喜欢的事情可以当药。李渔的爱好，就是读书和写书。借此消除了忧愁，释怀了愤怒，也铲除了牢骚和不平。他说，普天下的人谁没有自己喜欢的事情呢？有的喜欢吟诗，有的喜欢下棋，对这些喜好，要鼓励他们去做，莫加禁止，皆因世上没有一种药，能比得上一颗欢呼雀跃的心。啊，真是一个通达而有趣的人。

《读书年代》这本书是在我家附近的超市里买的。超市有一个新书角，我被这本书的封面设计吸引了：拼贴漫画风格，一个女子和围绕她旋转的书。放在它旁边的是村上春树新出的随笔集《大萝卜和难挑的鳄梨》。

然后我就在超市旁安静的花园里坐下，翻开书读起来，头顶上，米粒般大小的香樟树花蕊簌簌落下，清香扑鼻。

这是本小书，书的简介这么说："这是安妮·弗朗索瓦五十年的读书时光的回忆录。从记事起，安妮就生活在一群为书痴狂、将阅读视为生存方式的巴黎人中间。一年夏天，弗朗索瓦家所在的公寓失火，母亲是最后撤离现场的人：穿着睡衣，腋下还夹着一本书。"

再看作者。书的开篇介绍说："安妮·弗朗索瓦，巴黎人。一无文凭，二无头衔，默默无闻，曾就职于多家出版社，在阅读中度过了 30 年的职业生涯，于 2009 年辞世。"

再看目录：书里塞满记忆的标签；公共图书馆；书店是个危险的地方；气味与尘土；独一无二的乐器；书痴症候群；不识时务的偷窥者；在众目睽睽之下心安理得地看书；为什么要去读这些捏造的故事；读得太早，读得太晚……

嗯，差不多可以下定义了：这是一个书痴的碎碎念。向自认爱书的人推荐一读。看看自己的怪癖是否与她有重叠的，有哪些她有你无而具发展潜力的，又有哪些你有她无而值得骄傲的。这样读来，有照镜子的自嘲和乐趣，个中三昧，各人自品。

比如，安妮喜欢书上有咖啡渍、油渍、沙粒或花瓣，这唤起记忆深处的种种远胜于任何语言；她讨厌在书上写字批注，但觉得书的最后一页空白用来画素描十分合理；她津津有味地收集赠书人的题词，她用谈论历任男友的语气谈论用旧了的各种字典……

又如，对于书上的条形码，她反应强烈，"一看到书上的条形码我就气得冒烟，这个钉齿耙样的怪物蛰伏在封底，趾高气扬地炫耀着书商的胜利"。大概是因为条形码把书降于普通商品的地位，这是安妮所不能接受的。这种饶有趣味的洁癖，你有吗？

还有，安妮看不惯频繁曝光的作家，"我们根据什么来评价频频曝光的作家？他是口若悬河还是寡言少语，是容貌俊美还是邋遢猥琐？"她觉得"作家在世的时候不应该比他的作品更出名"。嗯，这点我很赞同。

一本小小的书，看得我数度哑然失笑，坐在我旁边的陌生人不明就里地问："什么让你读得这么开心？"于是读一段令我发笑的文字，那人一头雾水："这好笑吗？"

图书馆

读库主编张立宪在《闪开，让我歌唱八十年代》里写道：工作后我住单身宿舍，室友毕业于兰州大学，非常勤学。他说，在兰州大学图书馆，经常会借到好些年没人动过的书，有一本书的借书卡上，上一个名字是顾颉刚，令他感慨良久。

按照推断，顾颉刚先生于中华人民共和国成立以前在兰州大学执教期间借阅过的书，时隔半个世纪，才被另一个年轻人捧在手中抚摩，让他盯着借书卡上的那个名字发愣。——忍不住想提醒一下尚在学校就读的学弟学妹，看看你们手中的书，有没有先哲的体温和指纹。

木心先生也写过自己在上海读书时候的事情："美专图书馆的夜晚，壁上挂着伦勃朗的大幅油画，德拉克洛瓦、基里柯、柯罗、塞尚、凡·高……一壶热咖啡，一袋邻近的泰康公司刚出炉的体温犹存的奶司饼干，灯光安谧，作为战利品的诸大画册平平摊开，外面是菜市路，老式有轨电车当当价响，嘶嘶地驶过……立满书柜的阴森屋子，常由我一人独占，我亦只亮一盏灯，伦勃朗的亨德里克耶（Hendrickje Stoffels）凭窗相望，柯罗的树梢如小提琴的运弓……"

1940年的英国伦敦，每天都遭受德军空袭，被炸掉了屋顶的图书馆里，绅士们泰然自若地看着书。看到这样一张照片的法国人夏尔·丹齐格，由衷感慨："书是一棵钻出坟墓的大树""图书馆是墓地唯一的竞争对手"。

有时想，书的本质是孤独的作者与社会之间的一种交流，作者发出声响，或许几百年后，在青灯孤照的图书馆，才会有一个读者报以应和的回响。这样的故事发生地和情愫集散地，简直不能更美了。

我大二的时候，在学校图书馆做过管理员，义务劳动性质，做了整整一年。每晚6点半到图书馆，把还回来的书放回书架上，半个小时就可以干完，然后可以做自己的事，9点半开始整理桌椅，打扫卫生，10点结束。

收获是很多的。首先，借书有优势。我读大学时，图书资源紧俏，排队等书的现象时有发生，而我嘛，还回来的书可以第一时间借到，许多同学都拜托我帮忙留意某本书，于是广结人脉。其次，一段时间以后，对书库非常熟悉了，只要给我一本书名，可以不看书架标签直接走到这本书面前，误差不会超过20厘米。又认识了几个跟我做"同事"的其他系科的同学，有位外语系大神主动提出为我辅导英语口语，受益匪浅。

至于遗憾，至今想起来仍然遗憾。我在图书馆的一年里，确认了一件事情：我是一个无法在图书馆读进去书的人。

比如坐在图书馆，看见周围的人埋首书中，就会想："他读的是什么书呢？"——这关我什么事？或者看见男女结伴来图书馆，过几天女生又和别的男生一起来，又想：她和前面那位分手了吗？那人明明比现在这位更帅啊。——这又关我什么事呢？

而我的书，大部分是在床上读的。这不是好习惯，但也有好处，读得大哭大笑时，都可以用被子一蒙了事。况且我读书的习惯是：不喜欢从头读起。就像我们对人，通常不会从出生就认识一样。这种读法坏处多，但也有好处。一是能从汪洋的书海里，快速挑出对自己胃口的文字；二是掐头去尾拦腰杀入一个故事，给自己腾出了一大块想象的空间。最有意思的是，当自己的想象与书本的叙述产生落差时，书就变成了一个对手，在跟人角力，若它高出一筹，我心悦诚服，喝个彩，欢呼雀跃。这样缺乏"仪式感"的读书习惯，如何能在图书馆里正襟危坐呢？

读书带来的"负面效应"

一直以来都是长篇大论地谈读书的好处，偶然看到这个话题，我也来吐槽一下，书看多了的"负面效应"。

一、会傲娇地觉得周围的人都太肤浅。

因为自己有随时读书的习惯，而周围几乎没人这样的。于是，估计我就成了他们眼中的奇葩，而我也觉得他们奇怪，真是应了那句"他人笑我太疯癫，我笑他人看不穿"。因为读书，有些生活态度、思想观念等就会与周围的人不一样，所以在遇到一些问题的时候，理解不同，有时就会觉得别人肤浅，往往显得很不合群。那些平时只会聚拢起来打牌、跳舞、八卦、吃喝，或者去搞些新奇玩乐的人，大概对我这样的消遣方式是既奇怪又不屑一顾的。

二、会过度享受一个人的独处。

因为有读书的习惯，就会珍惜独处的时间，工作之外尽量少跟人来往，除了偶尔大伙儿聚餐。那些独处的时间，即便是用来翻来覆去读一堆旧书，带来的乐趣也很大，令人心情平静而愉悦。最近重读村上春树的《奇鸟行状录》。70多年前钢铁绞肉机般的诺门罕战役（1939年）；中蒙边境上那口令人绝望的深井；每天一掠而过仅有4秒钟的迷眩日照；还有"我"跟命运的不屈纠缠，寻找离奇失踪的妻子，摆脱神秘的暗黑潜流……光影交错，目不暇接，真好。有时看到一本好书，想要和人分享，和人讨论，然而别人并不理会也并不想听你絮絮叨叨说书，真真凄凉之感顿生。

三、性格会变得淡然，不食人间烟火。

一直以来就有人说我不食人间烟火。书看多了，就会看淡很多事情，看淡之后就更加不争不抢，性格变得淡然，仿佛什么都激发不来兴致，只差看破红尘了。多年前去本地一个著名寺庙采访，看到了那里尼姑和和尚的生活，竟然产生了羡慕他们的心思。一瞬间想，在庙里生活也挺好的，工作那么简单，每天就是诵诵经，简直毫无压力……当时被自己的想法吓了一跳！赶紧离开，回到自己庸常而热闹的生活里去吧。

四、有时过于自我，甚至被书局限。

有的人不过多掀了几本书，就自我感觉良好，眼高手低，志大才疏，各行各业的牛人没有一个瞧得起的，嗤之以鼻，连比尔·盖茨都看不上，我比你还多一张大学文凭呢……诸如此类反而限制了自己的进步。

更有甚者，一个人若是读书被限住了，甚至忘却了周围活色生香的世界，书就变成了一件箍住他灵魂的"紧身衣"，替代了他的思想和声音。卡尔维诺曾经把阅读比作"在丛林中前进"，有时过度的阅读可能带来戕害，如同行走在一片不见天日的密林，燠热、潮湿。那里遍布肥硕饱满的浆果，艳丽如血的罂粟，同时也躲藏着不明的邪恶生物，蚂蟥、毒蜘蛛、吸血蝙蝠、食人树……人迷失其中，渐渐忘记自己的语言。

蒋方舟曾说："我们阅读，在他人的经验中找到自己的影子，发现一群像自己、但比自己更优秀的人组成的世界，他们四周是荒野，头顶是星辰，他们帮助我们抵抗脆弱的友谊、不完美的爱情、抵抗孤独引发的脆弱等一切打击，能够更轻盈更辽阔地生活着。"读书，对一个人来说永远是重要的。

但任何事情都有两极。书是有生命的东西，而人，是"一根会思想的芦苇"。一个真正会思想的人，是不会被这个世界轻易左右的。他多读，更擅读，深陷其中又能随时抽身出来。皆因他明白，你的人生与我的人生，彼此之间，就像时空一样遥远：你有5万，他有5亿，都有钱，但他能做到的事你永远做不到；她会写字，你也会写，但她叫张爱玲，你贵姓？——阅读的最终目的，不在于你跟着别人走了多久，而是你独自能走多远。

腔　调

那天听人说，华语作家里最有腔调的还是张爱玲。听后微微愣了一下，不大听人用"腔调"来评判作家，细想又觉得这很是传神。

"腔调"一词，是上海人的发明吧？带有对人的行事风格点评的意思。有腔调的人，基本上从品味和教养上就得到了肯定。苏州人也用这个词，但似乎就带点调侃的意思了。

放在作家那里，腔调是什么？有人视为行文的语气，叙述的辨识度，或者是浓烈的地方色彩，比如京味儿、海味儿、陕味儿，而我觉得，文字的风格与腔调应该不是一回事。

比如读过京味儿的作品不少，但是能读出腔调来的不多。老舍是一个。王朔是搭在京味儿上的，严格地说，有点儿痞子腔调，当然，我也挺喜欢的。而且很多人都巴巴地想学他那股痞气，运气好的也能学个七八成，最后少了的，还是那股腔调。

张爱玲的腔调呢？诡谲得超然，妩媚得枯萎，华丽得苍凉。读她的小说，有一种人为制造的作者与读者之间的紧张感，这种紧张感不构成对立或者对抗，相反，营造出张爱玲文字特有的腔调之美，既有京华女子的飒爽，也有吴侬软语的妖娆。既飒又妖者，张爱玲的腔调是也。

比如那著名的形容一个人的嘴唇"切切倒有一大碟子"。还有，形容一个皮肤虽黑，五官却好看的女孩，只用三个字："黑里俏"，噗哒一下沉香屑就扑了出来，这是真腔调。

《金锁记》里的月亮也是张爱玲式的："我们也许没赶上看见三十年前的月亮，年轻的人想着三十年前的月亮应该是铜钱大的一个红黄的湿晕，像朵云轩信笺上落了一滴泪珠，陈旧而迷糊。老年人回忆中的三十年前的月亮是欢愉的，比眼前的月亮大，圆，白；然而隔着三十年后的辛苦路往回看，再好的月亮也不免带点凄凉。"读这样的句子，听到的是张爱玲的字正腔圆，从纸上冷冷地凸显出来。

张爱玲还有些腔调，更加令人费解又着迷。

喜读八卦。"正似东坡老无事，听人说鬼便欣然"，她说八卦里往往有最深刻最人性的东西。她还觉得音符是有颜色的，越往高音处越浅淡，越明亮；而桃红这个颜色是香的，法兰西这三个字是潮湿而多雨的。

钻牛角尖。张爱玲按胡兰成的话说是"连法币兑换都搞不清"的，但是，她在某些地方非常计较，比如驳斥别人对她小说的不当解读，一句都不肯让，丝丝分明，刀刀致命。

爱读书却从不藏书，要用，就借，读完即还。

有作家回忆张爱玲，"我还记得她边捧着木瓜用小汤匙挖着吃，边看《现代文学》，神情模样那么悠闲自在"。她很少说话，说话很轻，讲英语，语调是慢慢的。

老来的张爱玲始终只嫌身外之物丢得还不够，不停地搬家，躲开人群，躲开骚扰。她是给生活做减法的人，套用一句她的话，"我比较喜欢那样的故事收梢"。

我还想，张爱玲之所以"最有腔调"，除了被人提过的很多原因之外，还有个原因：她的英文相当好。英文带给她的未必是英文写作能力，而是一种观看自己的母语、观看中国人生活的能力。她之所以远远超过同时代的作家，就是因为她把语言这件武器，用到了另外一重境界。她用它获得了对自己身份、处境的自省自觉，还能跳出自身环境，去审视中国人人性中的明与暗，这让她成为了任何一个时代读者的"同时代人"。

认识老，越早越好

有个同事跟我讲起她的母亲，长吁短叹。她母亲曾经是个企业领导，女强人，今年虚岁也不过 80，大约 5 年前患了阿尔茨海默症。虽然依然充满活力，肌体健康，但是疾病让母亲慢慢丧失了记忆和理智，也逐渐失去了自己的生活。

母亲明明就在自己家里，却对来人不停地说："好了，好了，我要回家了。"我亲眼看到就在短短五分钟时间里，母亲打给她多个电话，问同一个问题：你今天要来给我洗澡吗？母亲走失过，也经常忘记煤气灶上煮的东西，但她极度争强好胜的性格却没改变，最讨厌别人说她忘性大，敏感到一见别人低声耳语，就以为是在议论她"老糊涂"，于是开口就骂，逐渐地朋友熟人都不愿再搭理她了，她越来越孤独，越来越无助，整天瞪着空洞茫然的双眼，不知所措地在家里四处乱窜。——说到这里，同事的眼里有了泪。

是的，我们可以不怕老，甚至不怕死，但我们最害怕的，无非就是如此。

推荐给朋友一本书《我想念我自己》。

这是一本关于阿尔茨海默症的小说。虽然是小说，但又极其真实，它的作者莉萨·热那亚，就是哈佛大学的神经学博士。

这部小说的故事非常简单：哥伦比亚大学语言学教授爱丽丝50岁时，站在讲台上想不起来应该讲什么，沿着熟透了的路线跑步竟然找不到回家的路，记不得晚上的约会、电脑里的课件，也不记得丈夫的牵挂……趁自己病还不重的时候，她录制了一个视频，告诉自己生活不能自理的时候，到楼上蓝色台灯下的抽屉里找一瓶药。等到需要这瓶药片的时候，她在楼下看完视频后上了楼，已经忘记自己上楼要干什么，再下楼看一遍视频，上楼却打开抽屉拿出手链戴上；第三遍她索性捧着电脑上楼……小说冷静地展示着爱丽丝的逐渐变化，这样的细节，书里俯拾皆是。

这部小说让人感性地认识了阿尔茨海默症，以及当人罹患此病时，家人亲友应该对他提供的护理和扶持，淡淡的哀愁和淡淡的诗情，很容易打动人心。

根据这部小说改编的电影叫做《依然爱丽丝》，主演朱丽安·摩尔获得2015年第87届奥斯卡金像奖最佳女主角，对此各人有各人的解释，我的理解是，她细腻而真实的表演，触动了每一个人内心深处的害怕。

电影改名《依然爱丽丝》的"依然"指什么？难道是指，即便美貌枯竭了，智慧耗散了，体能荡然无存了，爱丽丝还是那个爱丽丝？那只能是爱丽丝的丈夫和三个儿女给她的安慰吧。

我们看见爱丽丝，从大学教授变成找不到家里厕所的病人；从面容饱满、神态自信的职业女性变成双颊干瘪塌陷、精神游移的病人，怎么说得出"不管变成了什么样子，爱丽丝依然是爱丽丝"这样自欺欺人的话？——所以，我觉得还是小说原名"我想念我自己"更加意味深长。

再想想，其实就是不得病，老人也会最终无法支配自己的身体，身边太多老人，他们如同在慢动作电影中演绎的那样，逐渐衰老。生命一点点从他们身上渗漏出去，整个人的品质和个性也一滴滴从身上渗漏掉。记得陈丹青记录老年木心的文字中，就有这样一段话："终于，到那一刻，他很乖，被扶起后，凛然危坐，伸出手，签名有如婴儿的笔画，'木'与'心'落在分开的可笑的位置，接着，由人轻握他的手指，沾染印泥，按下去。——先生从来一笔好字啊。人散了以后，我失声哭泣……"

"子在川上曰：逝者如斯夫！不舍昼夜。"想想我们的生命在不停地消失，的确有点害怕。但哲学家告诉我们，生命之所以有吸引力，其中一个原因就是死亡。死亡让我们对世界上的很多事物看得更清楚，未来你我不可得知，我们也不能掌控世界，就是对自己的命运，又几时掌控过？

认识老，越早越好。唯一能做的是：在能支配自己的身体时，珍惜自己，好好生活。

散步去

　　东方文化里一向有一些通灵时间，比如焚香，鼓琴，试茶，刻竹……都需要相应的器物承载。我想再加一条，便是"散步"，简单到不需任何器物，只需要走出门去。

　　散步时可观察，可思考，可遐想，可偶遇……像个大筐子，装进所有的听闻望见，喜怒哀乐。看似杂乱，但就像某次看人用玫瑰泡花茶，又添了几朵菊花。等茶开的间隙，我心有小忧，怕花在杯子里吵架，一个媚艳，一个素淡，不是一条道上的。端起喝时却看见，玫瑰浮在上面，菊花沉在杯底，各自有各自的位置。散步时，我内心就经常能获得如此这般条理分明、安雅如月的感觉，散步是更好的"通灵"时间，是另一种抵达。

　　最近去法国旅游回来的熟人和我聊巴黎，说之前一直向往那里的浪漫，去了一看，到处都是旧房子，还不如咱们繁华呢。我想这感觉也是对的。国内的高楼大厦太多，很多时候我们都没法看星星看夕阳，只有四角遮蔽的天空，而巴黎的楼层都不高，适合行人散步，街头喝咖啡的人很多……我就曾经一个人在香榭丽舍大街散步很久，看埃菲尔铁塔的落日，不高的老楼散落在周围，扑天盖地燃烧的晚霞漫无遮拦，哪个角度看都很美。巴黎是一个可以随处散步的城市。

深入某个城市最好的方法就是散步，比如香港。香港的交通工具很多，城铁、地铁、双巴，但一定要再加长时间的散步，逛各种小店，去看山看海，去中环老街。记得第一次去香港住的酒店，在小路里穿来绕去，我从未见过那么陡、那么窄的小路，直上直下。酒店是老酒店，房间虽小但窗子外可以望到维多利亚海景。晚上一伙人去吃饭，沿路可见各式小小的店铺，威灵顿街一带是各种各样的小巷子，卖菜的、卖花的、卖水果的……香港朋友告诉我们，这里是半山豪客们经常光顾的地方。如果你起得够早，说不定还可以碰到林青霞或者钟楚红，她们经常会从山上跑下来，在薄雾里散步，顺带买菜。

上海也有几条非常漂亮的老街，复兴路、吴兴路、衡山路、思南路、宛平路、武康路……梧桐更兼细雨，到黄昏点点滴滴，委实是天上人间。停停走走，就可以走进一段尘封的往事。少年旧梦声色犬马，繁花静叶声色虚空。这些老街的腔调就在于，有一股无法复制的时光感，那种将一切繁华化于平淡的味道。听见鸟鸣，想来是近旁哪家院内百年罗汉松上栖着鸟巢。有上海老阿姨在嘟哝着什么，有几声单车的铃铛响，竟然还有叫卖的声音……隐居浮世，多少人间烟火的斑斓记忆。毫无方向，只是散步，我却在这一瞬间更爱这个城市，古老和大气融合得太好，中国别的城市无法替代。

周末本想睡懒觉，偏偏醒得早，天刚亮就再也睡不着，干脆起床，外出散步。小区不远处就是平江路，一栋栋老房子，院子里有千年银杏，洁白的玉兰花枝伸出围墙。纱帘隐隐透着乳白的灯光，主人起身了，正在听评弹，清晨的评弹怎么听都有一种久远颓唐的意味，好像富足后的破落，幽咽梗塞，如泣如诉。隔门有一条看门狗，听到人经过，叫唤不息。远远看小巷里还在沉睡的房子，那些与环境融为一体的民居，像一部剧集里的长镜头慢慢摇着。空气里有春天植物清香的气味，一只猫突然从脚旁疾速掠过。

……

《散步去》也是一本书，它的作者是日本漫画家谷口治郎。对的，就是画《孤独的美食家》的那个谷口治郎。2017 年，70 岁的谷口治郎因病离世，默哀。

翻开《散步去》：书中男主角，那位呆萌的眼镜大叔又翘班了。他漫无目的地走着，路过一棵开花的玉兰树，穿过安静的住宅区。在小河边，垂钓老人的话让他顿悟："每当太阳好的时候，我就会在这儿摆摆样子，最好什么也钓不着。我这一辈子已经忙够了，可以了。这样就挺好的。"

合上书，起身出门，散步去，春光正好。

伤痕洋溢出的诗意

从来都不觉得蒋勋先生是一个文学家，但绝对认同他是一位敏锐的艺术研究者。

他写的那些教人修行的书有点扯，但他对美的信仰不假。

比如他十四次去到吴哥考察，写成的《吴哥之美》，文字就相当由衷、真诚。

蒋勋曾在《吴哥之美》中这样评价吴哥窟：柬埔寨的吴哥窟，每一处景物都美得厚重。好莱坞取其废墟的神秘，在此拍摄了《古墓丽影》，我觉得有点亵渎；王家卫取其废墟的古静，拍摄《花样年华》，亦不免造作。影视作品中，倒是宫崎骏的《天空之城》最好地呈现了吴哥之美，这部动画片把人的欲望作为天空之城拉普达的对立面，在影片的最终，集中了人类文明的拉普达，回到了最原始的状态，成为永远的孤独世界。片中悠远空旷的意境正是吴哥废墟的写照——曾经世界上最伟大最文明的城市，在人类欲望的掩盖下，沦为血流成河的屠宰场、全球最穷苦的国家。只有远古留下的废墟依然美丽，如毗湿奴之神手中的莲花。

蒋勋的《吴哥之美》便有些接近宫崎骏的感觉。

他在吴哥走了许多处废墟，这些废墟是寺庙，寺庙由砂或石建成，雕塑精美，有宗教的神圣印记，也有当时人们的生活气息，每一处都栩栩如生，每一处都姿态各异，在热带的烈日中礼赞那罗延（毗湿奴的别称）。

还有巴戎寺的 49 尊四面佛，每一张脸都是一幅千年不朽的微笑，高棉的微笑。亘古不灭的绝美和现实的苦难交融在一起，静谧无言的艺术和血泪弥漫的屠杀交织在一起，天堂和地狱在一起，生和死在一起。我想，稍有艺术修养的人都会产生蒋勋这样的共情："美的意义何在？文明的意义何在？人存活的意义何在？"

在叙述景观的奇绝美妙时，蒋勋的文字总是充满难以抑制的喜悦。而这喜悦在静默的沉思后，竟变得深邃而悠远。

"我总觉得吴哥像一部佛经，经文都在日出、日落、月圆、月缺、花开、花谢，生死起灭间诵读传唱，等待个人领悟。"

"当一切的表情成为过去，最后，仿佛从污泥的池沼里升起一朵莲花，那微笑，成为城市高处唯一的表情，包容了爱恨，超越了生死，穿过漫长的岁月，传递给后世。"

……

旅途中有一本相关的书可以阅读，可以反省，可以思考，是件快事。我去吴哥时随身带上了这本《吴哥之美》。在乱石庙宇间任意穿梭，挥汗如雨，却是痛快的；千年古树细长的根须蜿蜒渗透进岩石的缝隙里，盘亘交错，紧紧拥抱；壁龛里优雅的仙女，廊柱上栩栩如生的动植物，墙上引人入胜的神话和一方开着睡莲的水池，小巧而娴静；古老的寺庙，阴仄的暗廊，阳光在其中曲线游走；坐在密室般的像游戏空间的千年石窟里，眼前是在岩石上沉默地注视着世间沧桑的诡异笑脸……斗转星移，时空错乱。

离开了吴哥洞窟，走到街头，当地人正过着简单安乐的生活，盘腿坐在街边排开的地毯上吃烧烤，孩子们在嬉戏追逐……我在一家小食店坐下，买一杯掺着青柠的甘蔗汁，喝一口唇齿留香，掏出《吴哥之美》翻起来，书里书外的吴哥，一直纠缠到日落时分。

我想，一个旅行者去看世界时，看到的其实是一个处处伤痕的世界：古罗马斗兽场、佩特拉岩石古城、奥斯维辛集中营，还有曾经辉煌无比的圆明园……但正是这样的世界，最终能久久留在人心中，陪伴人经历自己生活中的艰难时刻。各种哀伤和悲剧洋溢出的诗意留在心底，就像放在衣柜深处的玫瑰油，散发出经久不息的芳香，一个富有诗意的世界，就是由大地上星罗棋布的伤痕组成的。

谁泄露了你的秘密？

　　村上春树在他不同的四五篇小说里，都会提到一个 173 公分高的男性，婚后发胖成 72 公斤，然后开始锻炼，变成了 64 公斤。——这几个精确的数字来回出现，再结合《当我谈跑步时，我谈些什么》里的泄露，很显然，这应该是村上春树自己的经历。

　　他对这几个数字记得如此清晰，大概每一个试图减过重的人都能理解：那是通过反复确认磅秤上的数字，才如此刻骨铭心。

　　一个人写东西时，最流畅细致的部分，总是会自然而然地，泄露了自己的秘密。

　　海明威早年在巴黎混日子时，兼职当记者，他一边写小说，一边出去做采访，给北美的报社写稿。多年以后，他认为，记者生涯有利于他塑造自己的"冰山风格"。

　　司汤达每次写作前，必须读一页《罗马法》，以便找到简洁的语感，所以《红与黑》字句明晰。或许是家传的缘故，他的父亲是律师，他自己当过政府书记员，曾跟随拿破仑向意大利进军，目击过马伦哥战役，所以他写拿破仑战争的段落，被海明威誉为"天下第二"，第一则来自托尔斯泰不朽的《战争与和平》。

经历，包括职业，对一个人的写作风格是大有影响的。

"一听你说话就是做××工作的。"每当你正侃侃而谈时，被人劈头说这句话，都有些尴尬，是吧？然而这其实是挺正常的。不写作的人，职业气息和习惯也会在他的言谈举止之间不经意地流露出来，这是他独有的东西。

每个人都是一部秘史。没有人的经历与他人完全一样，人类和所有生物都一样。单细胞的草履虫怎么可能理解灵长类动物黑猩猩的想法？南非丛林里的蝴蝶也一定不清楚，深海里的鲑鱼为什么一定要千辛万苦回到出生地产卵。几万条沙丁鱼在遭受袭击时，能够准确无误地转弯。雁群里的每一只无论怎样变换队形，都能清楚地知道自己的位置。

人类也一样。不同的人散发的气息完全不同，文字、电影、音乐，就和眼神、步履、声腔、体味一样，都是你专属的特征。决定这些特征形态的，除了遗传，就只能是经历。

除了笔调，当然还有笔下的人物与历程。世上有擅长从历史选材、天马行空的作者，比如大仲马，比如博尔赫斯，又比如苏童，比如麦家……但大多数作者总是会情不自禁地写到一点自己，比如曹雪芹写大观园，我们都知道，他很大程度上是在写自己。

福楼拜的父亲是医生。所以《包法利夫人》里，包法利先生也是医生。

巴尔扎克进过法学院，跟诉讼代理人和公证人打过交道，非常熟悉民事诉讼流程。所以在伟大的《人间喜剧》里，对种种金融投机和法律程序了如指掌。当然，他笔下最丰富多彩的，就是各色金融吸血鬼的形象。

导演也是一样，被自己的经历左右。比如张艺谋导演，他的审美总是散发着浓烈的华夏中原乡土气息，是一种自以为洋气的土气，又跳动着蓬勃不屈的生命力。

还有，如果你看过同期上映的《我不是潘金莲》和《比利·林恩的中场战事》，你就可以看出导演的经历。

冯小刚确实是个中国五零后，他有着那代人的家国情怀，有着那代人的愤怒与讽刺。《我不是潘金莲》是一部只适合中国人，甚至只适合中国老男人看的政治隐喻片。而《比利·林恩的中场战事》，则适合任何时代任何人，它不想反对什么，也不想赞成什么，只是对于生之孤独的叹息，默默探讨人性深不可测的禁区。你在看片的第一秒钟，就会跌到李安设置的情境里，散场后仍然泪眼迷离，感动你的，也许是跨时代120帧的精确，也许是一个平凡年轻人命运的跌宕。

难怪有人说：某种程度上，每个人的一言一行，都是在书写自传呢。

水过无痕，却有温度

中国人的菜名非常有意思。

"鱼香茄子"里没有鱼，"老婆饼"里没有老婆，"夫妻肺片"里也没有夫妻。

那么大名鼎鼎的"过桥米线"，又为什么要过桥呢？

《唐鲁孙作品集·大杂烩》一书中记载了过桥米线的故事："传说中云南蒙自县元江流域潴溜停洄，汇为湖泊，湖中有一座景物清幽的小岛。有一位士子每天在岛上攻读，他的妻子每天要从家里走过漫长的木桥，来给他送饭。"路上饭菜会变凉，又无微波炉，这实在是个大问题。

直到有一天，女人炖了一只肥母鸡，准备送去给士子，岂料因为身体不适，耽误了出门送饭。她在忙乱懊恼之际，惊喜地发现汤碗竟还是热的："她看看汤上浮着一层金浆脂润的鸡油，顿时明白了鸡油能够聚热保温。后来她试着把肥薄的生鱼片，放在热鸡汤里，一烫就熟，而且肉嫩滑香，鲜腴可口。"由此，"过桥米线"的烹饪方式也就传承了下来。

1940年，在西南联大读大二的汪曾祺曾有过一次失恋。伤心之下，汪曾祺两天两夜不曾起床，吓得好友朱德熙慌忙赶到宿舍，拖他去吃饭。其时这群人个个生活清苦、手头拮据，汪、朱二人卖掉了手头的字典，各吃了碗一角三分钱的过桥米线，即刻治好了失恋的心伤。

汪曾祺在文章中提到这过桥米线："……入门坐定，叫过菜，堂倌即在每人面前放一盘生菜（主要是豌豆苗）；一盘（九寸盘）生鸡片、腰片、鱼片、猪里脊片、宣威火腿片，平铺盘底，片大，而薄几如纸；一碗白胚米线。随即端来一大碗汤。汤看来似无热气，而汤温高于一百摄氏度，因为上面封了厚厚的一层鸡油。我们初到昆明，就听到不止一个人的警告：这汤万万不能单喝。说有一个下江人司机，汤一上来，端起来就喝，竟烫死了。把生片推入汤中，即刻就都熟了；然后把米线、生菜拨入汤碗，就可以吃起来。鸡片、腰片、鱼片、肉片都极嫩，汤极鲜，真是食品中的尤物。"

前两年看电影《无问西东》，再次对西南联大的历史心生向往。彼时正好有一趟公差去到云南昆明，那里的朋友请我吃云南米线，又想起了著名吃货汪曾祺先生，这样写道："街东的一家坐北朝南，对面是西南联大教授宿舍，沈从文先生就住在楼上临街的一间里面。这家房屋桌凳比较干净，米线的味道也较清淡，只有焖鸡和爨肉两种，不过备有鸡蛋和西红柿，可以加在米线里。巴金同志在纪念沈先生文中说，沈先生经常以两碗米线，加鸡蛋西红柿，就算是一顿饭了，指的就是这一家。沈先生通常吃的是爨肉米线。"

真正的过桥米线，是以清汤为底，加入多种肉类，吃的是食材本身的鲜香，而非重油重盐的爽辣。云南地处国境西南，四季如春，依山傍水，新鲜食材应有尽有，又无须以饮食来对抗极端气候，是以滇菜风味独特，多以鲜嫩甘甜、酸辣微麻为主，很合我的口味。虽然名气不如粤菜，但非常好吃。

又深感汪曾祺的行文，以浅淡直白闻名，再深切的愁思，亦不加矫饰，静静融在柴米油盐的色香味之中。我读他的文字，每个故事里最感动的点，都不是宏伟壮丽的爱恨情仇，而唯有当深刻的感情寄寓在琐碎生活的细小物件上，才会觉得这一切真实动人。他故地重游缅怀先师与光阴岁月时，写的仅仅是昆明的吃食。许多事情看似没有变，但又毕竟与从前不一样了，如水过无痕，却有温度。

说回米线。那么，当年那个独居孤岛孜孜苦读的士子，最后究竟有没有考取功名呢？

没有人知道这故事的后续，也没有人关心这故事的结局。

流传至今的，只是他的妻子曾经绞尽脑汁让他能在严冬时，吃上的一碗热米线。

这世间许多的事，譬如士子科举，譬如唐僧取经——当事者时常以为，金榜题名、得道成佛的结局才是一生所求。殊不知，功名利禄皆浮云，而命运的金榜与人生的真谛，早已藏在你一路走来的脉脉温情里了。

碎片斑斓

　　墨西哥的符号，一直以来似乎都是仙人掌和大草帽，就像我们经常在世界杯看台上见到的那样。然而走进墨西哥城，你会发现自己的眼睛和头脑都不够用了——这固定的符号过于单纯，而墨西哥城却瑰丽而缭乱，恰似一块不停变幻组合的魔方。

　　对于很多拉美的作家来说，墨西哥城一定是一个特殊的存在。墨西哥城作为拉美与欧美的连接点，加上本身在拉丁美洲具有的经济文化地位，这里不但诞生了伟大的墨西哥作家，更有许多拉美文豪都喜欢在此停留，或者干脆常驻。

　　我在墨西哥城的日程安排得很满，没有太多空闲。不过，我还是抓紧时间去了自己想去的博物馆和公园，也顺便拜访了几个对自己来说很重要的文学地标。

　　蝗虫山。拗口的名字，这里是拉美最大的城市公园。公园里有一个湖，一个城堡，一个动物园，草地上跑过小松鼠。罗贝托·波拉尼奥的书里，就经常写到这里。

　　作家罗贝托·波拉尼奥出生在智利的一个小镇上，但是他的青春，却是从举家迁到墨西哥城开始的。他经常逃学读自己喜欢的书，写自己的东西，甚至经常暗中跟踪自己钦佩的作家。他在著名的小说《荒野侦探》中，描写两位混迹墨西哥城又辗转于世界各地，过着流浪生活的落魄诗人，想必也是在"蝗虫山"获得的灵感吧。

公园旁边是国立人类学博物馆，这是我在拉美逛过的最棒的博物馆。大量印第安文明的文物美不胜收。诺贝尔文学奖获得者，墨西哥诗人奥克塔维奥·帕斯同名长诗的灵感来源，太阳石也在这里。太阳石是 1790 年在墨西哥城中心广场发现的阿兹特克人圆形石历，用整块玄武岩雕成，直径为 3.58 米，重 24 吨。站在这块古老神秘被称作"墨西哥象征"的巨石前，之前读《太阳石》时的迷惑和恍惚，似乎终于落到了实处。

还想起了有位诗人拉蒙·希劳说过："我有三本《太阳石》，一本为了阅读，一本为了重读，一本将是我的随葬品。"《太阳石》在西班牙语文学中地位极高，遥远东方的我们读着却总是有点"隔"，这没有办法，文化是有隔膜的，这种隔膜是难以穿透的。

我们的大巴经过市中心宪法广场。在它周围，最高法院与大教堂并肩而立，现代拉美风格的摩天高楼鳞次栉比，摩登优雅的墨西哥人不逊于纽约第五大道的富人，广场上则聚满了晒太阳放风筝的闲散人。情侣在街头毫无顾忌地热吻，街头小贩和游人嬉哈逗乐，一个半仙似的人物举着冒烟的香炉、手持羽毛掸子在为一个时髦的年轻女子驱邪治病，几个巨大的白色帐篷里在召开激昂的集会，环绕广场的道路上则是三五百人的游行队伍，挥舞着印有镰刀斧头和切·格瓦拉头像的红旗……那种五光十色令人晕眩，我想起了加西亚·马尔克斯。当年，他也许就是转过这样的街角，《百年孤独》著名的开头在心中奔泻而出：

"多年以后，面对行刑队，奥雷里亚诺·布恩迪亚上校将会回想起父亲带他去见识冰块的那个遥远的下午。那时的马孔多是一个二十户人家的村落，泥巴和芦苇盖成的屋子沿河岸排开，湍急的河水清澈见底，河床里卵石洁白光滑宛如史前巨蛋。"

马尔克斯久居墨西哥城，直到最后去世。看过某篇访谈，他的住宅在水街和火街（墨城的路名都很有意思）的交叉口。草木葱茏的大院中一个小木屋，是他的写作室。花瓶里常插着一束黄颜色的鲜花，他相信黄花会给人带来好运和灵感……

在地图上查找后，因为不熟悉地铁，同伴中也没有人对此感兴趣，觉得我纯粹属于浪费时间，我只好独自打车去。那是一个富人区，一座有年代感的漂亮两层小楼，居然还住着人，不知是大师的家人住在里面，还是已经转手卖掉？

我在门口默默地站了很久，犹豫了很久要不要去敲门，后来还是转头走了。想来没人愿意被这样莫名其妙地打扰吧。

他的城

一个作家和一座城市的关系，是永远讲不完的话题。

但丁的佛罗伦萨，狄更斯的伦敦，雨果的巴黎，乔伊斯的都柏林，川端康成的京都，苏东坡的杭州和陆文夫的苏州……

在莫斯科到圣彼得堡的夜行火车上，和翻译马克西姆聊天。他是哈尔滨人，大学毕业后来到俄罗斯留学、工作，开着一家广告公司，也是一个合格的导游。此人骨子里大抵是个文青，多次跟我聊俄罗斯文学，头头是道。这回他问我："为圣彼得堡'搭配'的是哪位作家？""还用问吗，陀思妥耶夫斯基，当然是他，只能是他。"

一直以来，在我心里，陀思妥耶夫斯基和圣彼得堡是融为一体的，我去圣彼得堡，就是去"他的城"。走在著名的涅瓦大街上，熙熙攘攘的行人，似乎都带着三分矜持、七分书卷气。俄罗斯女孩美丽优雅，走路身姿笔直目不斜视，弥漫着他小说里沉静忧郁的气息，没有逛商业街的那种眉飞色舞，浓重的艺术氛围，让我幻觉丛生。

陀思妥耶夫斯基总是在圣彼得堡阴霾沉沉的天空下，讲述令人肝肠欲断的故事。而我这次到圣彼得堡时，正值初夏，白夜的欢快气氛笼罩全城。凌晨时分，从冬宫剧院看完芭蕾舞《天鹅湖》出来，正好遇到涅瓦河上的大桥依次开闸，一艘接一艘巨轮穿梭通过，两岸游客如潮，烟火绚丽，灯红酒绿，欢声雷动。这景象，真是很不陀思妥耶夫斯基啊，但还是能让我想起他，想起小说《白夜》。故事就发生在涅瓦河边，蓝白两色相间的教堂，粉红银白递变的夜空，在陀思妥耶夫斯基充满灰暗情调的全部著作中，透出一抹亮丽。

陀思妥耶夫斯基出身在莫斯科，20岁时去圣彼得堡读书、参军并开始写作。1845年小说《穷人》发表轰动一时，之后，他因参加激进革命小组的活动被逮捕，被关在彼得保罗要塞的监狱里，并被判处枪决。当第一批的三人已被蒙目绑在雪地柱子上时，忽然传来沙皇的赦罪圣旨，他们被改判去西伯利亚服苦役，这突然的变故使得两名囚犯精神错乱。这种天崩地裂的极致内心经历，他在日后的小说《白痴》中通过梅诗金公爵逼真地描述了出来，并影响了他一生的心态和创作。彼得保罗要塞如今已经是圣彼得堡的重要旅游景点。我走在乌泱乌泱的人流里，初夏的爽冽阵风卷过身畔，我想起了陀思妥耶夫斯基的话："我只担心一件事，我害怕配不上自己所受的苦难。"

圣彼得堡对陀思妥耶夫斯基来说是两重世界。在现实世界里，他刑满释放后从未摆脱过债务、癫痫和赌博的梦魇。而在虚幻世界里，这个城市又是他所有作品的背景。这两个世界亦真亦幻地纠缠了他一生。他在圣彼得堡迁居过数十次，那些人物总是活生生地在周围徘徊，一旦作品完成，他马上搬家。马克西姆告诉我，如今圣彼得堡还保留着十来处陀思妥耶夫斯基故居，《被侮辱与被损害的》《罪与罚》《赌徒》《群魔》都在这些地方完成……它们犹如慢镜头中缓缓转过来的一张张隐痛的脸，让你不敢逼视，又难以漠视。

他最后三年住过的铁匠巷五号，现在是陀思妥耶夫斯基博物馆。狭窄弯曲的楼梯，局促阴暗的起居室，雨伞、手杖和帽子，还如主人在世时那样摆放着。暗绿色的书桌上摊开着他的手稿和日记，一对银烛台，一杯助他熬夜的浓茶，还有他酷爱的普希金的作品。就是在这里，他完成了巨著《卡拉马佐夫兄弟》。书中的那些人物，好像就围着眼前的桌子，从宗教扯到道德，从死亡扯到爱情，抓着酒瓶、挥着手在高谈阔论。但是，就是在这些看似无比纠结的讲讲讲里，陀思妥耶夫斯基让自己的人物活了起来，乃至活到比你身边那些实实在在的人，还要鲜活，还要生动。

……

在古老的涅瓦宾馆写着这些，午夜涅瓦河的波涛伴着汽笛隐约可见。这座三百年来梦想斑斓的城市，灯影里，石桥边，仿佛还游荡着几缕幽魂。若此时置身于城南古老的季赫温公墓，或许还会听见安卧在那里的"人类灵魂的伟大审问者"陀思妥耶夫斯基的叹息。

完美的蛋炒饭

最近闲翻台湾学者逯耀东的《肚大能容》，发现身为历史学家和美食家的逯耀东先生和苏州颇有渊源。

"抗战胜利后，父亲在苏州做了个芝麻大的七品官。家居在沈三白《浮生六记》的仓米巷，学校在拙政园附近。每天上学要穿过半个苏州城。"晚年，有个朋友回苏州探亲，"他知道苏州是我少年的旧游地，临行问我要带点什么。我想了半天，说：'那么，就麻烦代我吃碗虾蟹面罢。'"

寥寥几句，好亲切的感觉，好有味道的文字。

有趣的是，他喜欢谈论蛋炒饭，《肚大能容》里就有不少关于蛋炒饭的文字。

比如："有次在香港与朋友聚会，有位刚从美国来的青年朋友，彼此寒暄了几句，我就问：'府上还吃蛋炒饭吗？'他闻之大惊：'你怎么知道？怎么知道的！'这位青年朋友祖上在清朝世代为官宦，当年他们府上请厨师时，欲试大师傅的手艺，都以蛋炒饭与青椒炒牛肉丝验之，合则用。那青年闻言大笑说：

'我吃了这么多年蛋炒饭，竟不知道还有这个典故。'"

这一段看着眼熟。翻翻书架，原来在唐鲁孙的《酸甜苦辣咸》里有这样的描述："家里雇用厨师，试工的时候，试厨子手艺，首先准是让他煨个鸡汤，火一大，汤就浑浊，腻而不爽，这表示厨子文火菜差劲。再来个青椒炒肉丝，肉丝要能炒得嫩而入味，青椒要脆不泛生，这位大师傅武火菜就算及格啦。最后再来碗鸡蛋炒饭，大手笔的厨师，要先瞧瞧冷饭身骨如何，然后再炒，炒好了要润而不腻，透不浮油，鸡蛋老嫩适中，葱花也得煸去生葱气味，才算全部通过。虽然是一汤一菜一炒饭之微，可真能把三脚猫的厨师傅闹个手忙脚乱。"

旧时王谢堂前燕。那些念念不忘的世家菜，合该失传，而蛋炒饭是不朽的。

你看逯耀东在《肚大能容》絮絮叨叨：

"说到蛋炒饭，有人先炒蛋再下饭，吃起来蛋香浓郁；另一派是先炒饭再倒入蛋液，使每一粒饭都能被蛋汁包裹起来。不仅如此，蛋液是先打散后再倒入，还是不打散直接倒进锅里，又有许多派系之争。把蛋液打散后再倒下去，炒出来饭粒颜色是很均匀的；不打散就直接将蛋液倒下去，被蛋白和蛋黄包裹的饭粒有些是白的、有些是黄的，看起来更缤纷多彩一些。选择用什么样的米饭来做蛋炒饭，有一派是'冷饭派'，还有一派是'热饭派'。当然所用的饭要煮到什么程度，各自的讲究又不相同……"

想起自己的蛋炒饭。自己性急，又时常心不在焉。油沸了才想起还没洗葱，葱花切好锅都快着火了。来不及搅蛋，鸡蛋在锅边一磕直接打进去。挖两团冷饭狠狠炒，一边用锅铲把冷饭团切得大块小块的，顺手将隔夜菜混进去。有时汤汁一大，马上变成煲仔饭。不过即使炒成如此，蛋炒饭总归很好吃，热腾腾，香气四溢，滋味鲜美，遂自赞自夸"粗头乱服，不掩国色"。好东西，自有本身强悍的生命力，想糟蹋它，也不是那么容易的。

当然也吃过极精致繁复的炒饭。颜色煞是好看，碧绿青豆、焰红火腿、瘦黑香菇，还有胡萝卜丁、虾仁、干贝……花团锦簇，是珍珠玛瑙合盘烩。我却觉得它太芜杂，不及一盘蛋炒饭的简而清。听说还有鲍汁蛋炒饭和鱼翅蛋炒饭，这份不明所以然的奢侈。即便是《红楼梦》里的王夫人，大概也会慨叹，"阿弥陀佛，不当家花拉的！"

英国美食作家伊丽莎白·戴维谈到煎蛋卷时说过一句话，一直记得。她说："人人都知道，只有一种方法可以煎出完美的蛋卷，就是自己的那一种。"

蛋炒饭也是如此吧。

为什么读尼采？

为什么读尼采？

好几次被问这个问题，试着来回答一下。

因为他具有蓬勃的朝气和霸气，不屈的灵魂，志存高远的意志，再加上一针见血的准确视角，总能以最优美的方式一语道破人生的种种秘密。

尼采的大胆和直率，启发人对"流行"做批判性思考，打碎固有的思维枷锁，重新审视这个世界。——在网文鸡汤大行其道，思想变得千篇一律，大家都不愿意动脑子，拿来主义日复一日盛行的今天，这尤为需要。

也因为尼采的哲学，在我看来是一种通俗易懂的哲学，很多格言式的论述，只要认真阅读下去，就会产生由衷的共鸣。其实，真正让人兴奋的是，尼采总能迫使你从更高的角度来审视自己的人生，这是他最大的魅力所在。

还因为尼采这个"诗人哲学家"的语言表述准确而优美。无论是文字还是情绪，都是一气呵成的酣畅淋漓，能激发人的阅读热情。当然我也喜欢他坦率犀利的文风，富有个性，没有丝毫的唯唯诺诺，总是毫不犹豫讲出自己的所思所想。

1872 年，尼采发表了第一部专著《悲剧的诞生》，然后就是《瓦格纳事件》《偶像的黄昏》《反基督徒》《瞧！这个人》和《尼采反对瓦格纳》……这些哲学著作以极快的速度连续面世，它们一律写得标新立异，又极具深度，同时带着尖锐的攻击性和令人瞠目的"自我吹嘘"，充满了"反潮流"的气息。

当然最值得一提的还是《查拉图斯特拉如是说》。尼采自我评价："在我的著作中《查拉图斯特拉如是说》占有特殊地位，它是我给予人类的前所未有的伟大馈赠。"

然而在他的生前，"人类"并不领他这个情。他的作品遭到空前的批评和诋毁，《查拉图斯特拉如是说》只送出去 40 本，销量惨淡。他几乎丧失了所有朋友，像个苦行僧一样在世界上漂泊游荡，沉思冥想。生命的最后十年，他是在精神病院和妹妹家中度过的。1900 年 8 月 25 日，56 岁的尼采辞世，"银白的，轻捷地，像一条鱼，我的小舟驶向远方"。

今天，尼采的很多论述都已经成为"金句"，广为流行，比如：

无选择的求知冲动，犹如无选择的性冲动一样，都是一种下贱的本能。

其实人跟树是一样的，越是向往高处的阳光，它的根就越要伸向黑暗的地底。

天才始终独处着，这并不是因为他想孤独，而是因为在他的周围找不到他的同类。

……

但是，读尼采和背金句是两码事。尼采献给人类的，不仅仅是金句，也不只是一种新的哲学，而且是一种新的信仰、新的希望、新的思维方式。

套用一句流行语，"每个人心中都有一个自己的尼采"。在我的中学语文课本里，他是一个疯子；在希特勒那里，他又等同于纳粹；他是宣告"上帝死了"的异类；他是鼓吹"权力意志"的狂徒；他是呼唤"超人"的理想主义者；他又是一个陶醉于生命之美，讴歌"酒神精神"的浪漫诗人……尼采的优点在于非常好读，如果没有读过尼采，你很难从青春的激情走向思想的深度。然而尼采又经常被人误读，他大概是世界上被黑化最厉害的哲学家，那些追捧尼采、赞美尼采、诅咒尼采、嘲笑尼采的人，是真正读懂了尼采吗？

读尼采，经常读得大喜大悲，这个"疯子"就像一个不会撒谎的孩子，总是无情地揭开人生的层层面纱。我认为，说到底，尼采关注的所有问题都是人生问题，那些被人当做"政治问题"的，其实是他对人生问题的解释。他是一个真诚思考人生的哲学家，他思考的高度几乎无人能及。

永远年轻，永远热泪盈眶

　　六月，在旧金山的渔人码头冻成一团，找杯热咖啡来取暖的时候，我想起马克·吐温的俏皮话："我经历过的最冷的冬天，是旧金山的夏天。"

　　我只在旧金山呆了三天。除去正事，也和所有匆匆而过的游客一样，坐了叮叮车，看了金门大桥和九曲花街，逛了艺术宫……而就在中国城的旁边，居然撞上了一个让我兴奋不已的"偶遇"：城市之光书店——这座著名的独立书店创办于1953年，因出版了艾伦·金斯堡的诗歌《嚎叫》而广为人知，后来成为美国"垮掉的一代"的大本营，《在路上》的作者杰克·凯鲁亚克也成名于此。

　　书店进门不大，但内部别有洞天，比起国内越来越气派的独立书店，这里有一种小而美的感觉，墙上不时可见的类似涂鸦的句子，让人会心一笑，如"找个座，读本书""现实街区与思想大道相遇之地""自觉在这儿一天读14小时"等等。

　　大学时代就读过《在路上》，一口气读完，很想马上找个人倾吐感受，但图书馆已经到了闭馆时间。那是一个冬夜，寒冷、清寂，蜡梅暗香浮动，我独自绕着操场步行，心里总有一股热潮要向外奔涌。彼时的我大概和凯鲁亚克一样，一无所有，唯有年轻。

杰克·凯鲁亚克，1922 年出生于马萨诸塞州洛厄尔，运动天赋出众，以橄榄球奖学金入读纽约哥伦比亚大学，大学二年级又退学从事文学创作，为自己的内心写作，过着一种完全自由的生活。1957 年，他 35 岁时，《在路上》出版为他赢得盛名，之后还著有《达摩流浪汉》《孤独旅人》和《荒凉天使》等作品。但成名后纸醉金迷的生活过度消耗了生命，47 岁时，他便离开了这个世界。

"生活狂放不羁，说话热情洋溢，希望拥有一切，对平凡的事物不屑一顾，渴望燃烧，渴望爆炸，像行星撞击那样在爆炸声中发出蓝色的光。"记得 20 世纪末 21 世纪初，是媒体的黄金时代，很多刊物在自己的创刊号上，都用了"在路上，永远年轻，永远热泪盈眶"这样的话。这正是当年"垮掉的一代"的自我宣言。

"垮掉的一代"这个词诞生于美国，指那些不甘于平淡生活而行为怪异的年轻人。时间流逝，今天人们已经理解了这种行为的意义：他们是一群真正的精神至上者，为了理想或者寻找理想而冲动、反叛，他们创造了自己的文学，金斯堡的《嚎叫》和凯鲁亚克的《在路上》正是其代表作。从不被大众接受，到成为主流的经典，垮掉的只是表面的行为，没有垮掉的是他们的精神。

和他们的生活一样,《在路上》也是随意而放肆的,这部书的写作也很特别,凯鲁亚克在极短的时间里,用打字机把它打在一张长长的纸上——这部书一开始连标点都没有,急切地宣泄着一条激情的湍流:青年学生萨尔为追求个性自由,与狄安、玛丽露等一伙男女开车横穿全美国,一路上他们狂喝滥饮,流浪放纵,最终到达了墨西哥。经过精疲力竭的漫长放荡后,他们开始转而笃信东方禅宗,感悟生命的意义……

今天来看这本书,非常普通,这群美国疯子的狂飙甚至全无意义,这算成功吗?今天的人目标明确得多,车、房、升职、财务自由……然而所有人的感受千篇一律,连爱情和孤独都有章可循,所以也不再有对生命的独特感受,这是变好了呢,还是更糟?

《在路上》的结尾写得深情无比,"每当太阳西沉,我坐在河边破旧的码头上,遥望新泽西上方辽阔的天空,我感到似乎有未经开垦的土地,所有的道路,所有的人都在不可思议地走向西部海岸。我还年轻,我渴望上路……"

我在书店里再一次找出了《在路上》,看着书封面上那两个站在路标旁边的年轻人,那一代人,那一种生活,真的已经走远——怀念他们。

有耐心的眼睛和耳朵

关于涪陵，我原来只知道榨菜，现在通过一个美国人，开始有所了解了。

在翻开《江城》之前，我对这本书的内容一点概念也没有。在我的想象里，它大概是本游记，也可能是关于中国社会文化层面的探讨。我完全没想到，它其实只是作者在涪陵的两年教书生涯的生活记录而已。

这多少让我有点失望。并不是这种形式有问题，只是这实在也太"容易"了。

从普林斯顿大学毕业、牛津大学研究生毕业的彼得·海斯勒，中文名何伟，在他27岁时（也就是1996年），响应美国和平志愿者计划来到中国，在涪陵师范高等专科学校教了两年英文。后来他写了几本有关中国的书，很畅销，特别是这本《江城》。

温和宽容的笔调，细腻生动的描绘，远近适中的视角，还有贯穿始终的自我调侃——从阅读的角度来说，相当轻松愉快。

可是说真的，这件事有什么困难的呢？任何一个像何伟那样受过良好教育，有敏锐的观察力，有生活的热情和适应陌生环境勇气的人——在异国他乡生活工作了两年，记录下他遇到的一些有趣的人和事，看起来差不多就会是这本书的样子。

对熟悉的东西，人们会习以为常、视若无睹，但是在外来客的眼里，却能格外注意到本地人忽略的东西，并兴奋于它们给自己带来的新鲜感。

"涪陵的楼房大多看上去像是十年前扔在那儿似的，而事实上，这个地方的城市已经有三千多年的历史了。最初这里是独立的，后来为汉人所统治的巴国部落的首都。之后，差不多每一个朝代都把这里设为区域性行政中心，还各取了不同的名字：周朝称枳县，汉朝称涪陵，晋朝称枳县，北周称汉平，隋朝称涼州，唐朝称涪州，宋朝称藥州，元、明称重庆，清朝再称涪州，1912 年中华民国成立后，又改称涪陵……"

在何伟的笔下，小城生活变得清晰而且有据可依。

他和学生一起排演莎士比亚戏剧。当他的学生自杀，他能准确推断出她遭受到了什么样的命运影响。他接触各行各业的人物，深入他们的生活，这些人在他笔下逐渐拥有了一种光芒。与那些经典作品中的人物遥相对应起来，从中隐约认出了被新时代进化过的"阿 Q 和范爱农"，还有被改革大潮冲击着的"盖茨比和黛西"，即便是大街上拉二胡的盲人乞丐，他也给了一段精彩的白描：

"盲人拉着他的二胡。从蛇皮筒里传出的乐声起伏跌宕，盖过了汽车奔流的噪音，行人走过的脚步声，以及旁边店铺里嘈杂的电视声。拉着拉着，他停了下来。他把二胡轻轻地放到一边，拿出了烟袋。他用手指草草地裹了根烟，然后把他女儿叫了过来。女儿小心地给他点着了烟。盲人使劲地吸了一口，靠后休息着，周围的喧闹声渐渐大了起来。"

……

我得承认，虽然我觉得这样的书写起来"很容易"，但这样的书还是弥足珍贵。

这世界上并没很多毕业于普林斯顿和牛津的美国人会去涪陵教书，大概连苏州人去涪陵教书的都不怎么有。而在中国广袤的土地上，有太多像涪陵这样的小城，在过去的20年间经历了脱胎换骨的变迁，它们隔绝于主流叙事之外，只在极端事件发生时，才能跃上公众的视野。它们面目模糊，看起来乏善可陈，然而只要走得足够近，看得足够仔细，有足够的谦卑心和同情心，就会发现它们其实都和何伟笔下的涪陵一样，韵味十足。

那些并不出众，有时候简直灰头土脸的山水、村庄、田园、江流、茶馆、酒肆……本来就是我们在心底里所眷恋的故土，但是只有涪陵有幸被何伟写了下来。

这也许是因为在今天，有耐心的眼睛和耳朵都太少了。

缘分难得

《走出非洲》是丹麦女作家伊萨克·迪内森的自传体小说，它在中国的走红，很大程度上依赖于改编的同名电影。

和许多人一样，我也是先看的电影后看的书。坦白说，开始读时没有读完整，晦涩的非洲种族的名称、人名，奇怪的对话，于是只挑有丹尼斯名字的章节读。同名电影就是只选取了书中"我"与丹尼斯的感情作为主线，提炼成一部爱情故事片的。

电影有电影的好处。电影的视觉冲击更直接，更强烈，也更容易普及。比如，丹尼尔开飞机带着"我"飞行的那场戏，就远远超越了文字的力量。非洲大地的广袤、神奇、多彩通过画面给观众带来了非凡的美感，男女主人公因激情而萌生的情愫显得那么自然而然又水到渠成。此时出自配乐大师约翰·巴里的电影主题音乐响起，恰到好处，锦上添花，观众除了享受，唯有赞叹。看原著，这样的美感是无法体验的。

就这样，一本书一放好多年，拿起又放下，直到自己终于去了埃及、肯尼亚、南非……对非洲有了感性的认识以后，又拿起来读，一字一字从头到尾，竟不舍得合上书。而且关注的重点和以前完全掉了个儿——小说里有比电影更丰富厚重的生活，神奇的人物风情，还有自由高傲的生物……太多太多了，爱情反倒只是其中最隐而不宣的部分了，跟随她，走近非洲，走进非洲。原来这才是阅读这本书的开始。

大卫·米切尔的《云图》。厚厚500页的书，之所以令我一旦开读就一读再读，缘于译者很贴心地在书后说了一段话："你可能会感觉《云图》不易上手，因为你希望一鼓作气地把精彩的故事读完，谁都不喜欢在兴致正浓时戛然而止，又开始另一段故事，但作者独具匠心的结构安排自有其道理。建议按照页码顺序来读，所有的故事发展到整本书结尾的时候，会让你恍然大悟，并产生重新翻回前面再次阅读的冲动。"

会心而笑，正如他所说，一遍读完马上回头开始读第二遍了，至今仍会重读，且越读越领悟米兰·昆德拉所言之经典："小说的精神是复杂的精神。每一部小说都在对它的读者说，事情不像你想的那样简单。这是小说的永恒真谛。"

读村上春树也是如此，他的书，故事结构和主人公大多重复，一般是不容易沉下心来一本本读下去的，但如果恰逢某个阶段，它则如一把冰钻插入你的人生缝隙，且越来越深。

我开始阅读村上，就始于某个生活的低谷期，职业挫折，父亲离世，情绪低落，这和村上的许多主人公相似。读着逐渐有更多好感，因为他总是说出我心底深处的话，比如：

"每一个人都有属于自己的一片森林，也许我们从来不曾去过，但它一直在那里，总会在那里。迷失的人迷失了，相逢的人会再相逢。即使是你最心爱的人，心中都会有一片你没有办法到达的森林。"

"人人都是孤独的，但不能因为孤独而切断同众人的联系、彻底把自己孤立起来，而应该深深挖洞。只要一个劲儿往下深挖，就会在某处同别人连在一起。"

......

当然，我对仅仅因为《挪威的森林》这个书名就热烈谈论它的读者没有好感，如果是我的熟人如是谈论，我会建议他们去读《奇鸟行状录》，这才是村上春树最好的小说。

恰巧处在某个时段的人，遇到了某本书，因此得以共鸣，以及深深的安慰。所谓在合适的时间，发生合适的相遇，这只能用"缘分"来形容了。

读一本书，为书里的故事激动悲伤，这种事情，已经有多久没有发生过了。我相信，每个人内心中都有一个遥远的地方在沉睡，需要在梦中被撕扯推拉——那些关乎人的命运的，关乎信仰，关乎哭泣、愤怒、悲哀、诅咒、欢乐和爱情的故事，总会在某个意想不到的时刻撼动你的心，让你瞬间觉得：这是我。

缘分难得，珍惜之。

阅读的品质

与人聊阅读，每每解颐。

比如有人说自己"天天在阅读"，一边马上拿出手机打开微信：

"防治癌症的十个办法"，洋洋数千字，据说是得到了某院士认可的，看下去，排名第一的方法是"多喝水"。

"柏拉图关于爱的十句箴言"，也不失为一剂上好的鸡汤贴，它的第一句话就是："如果爱，请深爱"。

还有各种星座贴，上师语录，虽然都是些废话，但也都是文字构成的语句，确实也是一种"阅读"——在"微时代"里，这还是时尚，即便是正经的内容，不是也要靠博人眼球的标题、有视觉冲击力的图片、标新立异的观点，来获取更多的浏览和点击吗？

这样的阅读是许多人每天必做的一件事，但是，这是快餐式的阅读、碎片化的阅读，与其说是一种"阅读"，不如说是一种"观看"或"浏览"，甚至干脆就是一种"猎奇"。

有专家把这称为"浅阅读"和"轻阅读"——社会节奏的不断加快，导致这类阅读的流行。因为它是一种快速扫描信息、快速获取资讯的过程，不强调理解和吸收，并且，它的记忆时间也十分有限，甚至可能只为一时所需，转眼就抛诸脑后了。

……

我只是个普通的阅读者，在我的理解中，什么是阅读呢？阅读是一种趣味、一种享受和一种愉悦，就像著名教育家叶圣陶先生说的，阅读是"吸收"的事情，"从阅读，咱们可以领受人家的经验，接触人家的心情"。

手边正在读的是台湾作家张大春先生的《小说稗类》。读这本书，其实就是看一个小说家眼中的小说，就是看一个小说家是如何"阅读"的？——没有学究气、冬烘气，分花拂柳，旁征博引，有趣独到，真是高明过太多的文学批评家。

比如鲁迅著名的《秋夜》开头，"在我的后园，可以看见墙外有两株树，一株是枣树，还有一株也是枣树"。这样的句子，若出现在今天一个小学生的作文里，怕是要被老师批为"语句啰嗦"，并直接改成"后园墙外有两株枣树"这样简洁的说法的。

但为什么不能改呢？张大春的回答是：一旦改下来，读者将无法体贴那种站在后园里缓慢转移目光，逐一审视两株枣树的况味。枣树只是为了铺陈秋夜天空所伏下的引子，用来为读者安顿一种缓慢的观察情境，以便进入接下来的句子"这上面的夜的天空，奇怪而高，我生平没有见过这样奇怪而高的天空"。这种写法，示范了白话文运动发轫之际的一种独特要求：作者有意识地透过描述程序展现观察程序，为了使作者对世界的观察活动能够准确无误地复印在读者的心里，描述的目的不只告诉读者"看什么"而是"怎么看"，鲁迅"奇怪而冗赘"的句子，是在暗示读者以适当的速度转移目光，经过一株枣树，再经过一株枣树，然后延展向那一片"奇怪而高的夜空"。

读到这里，我几乎要对着书"点头称是"。

话说回来，我并不觉得，阅读纸质书一定比手机浏览网页高明，这和一个人的阅读习惯与训练有关，也和他的知识结构和兴趣爱好有关。对真正的读书人来说，字写在哪儿都是一样地读：镌刻在龟甲竹片上，读之；印刷在丝帛纸页上，读之；显映在液晶屏幕上，照样读之。

当然，你也无法每时每刻都像张大春先生那般阅读。生活在信息过于喧嚣的当下，浅阅读是必要的，有些东西确实只需看过即忘。但是该警惕，仅止于此是远远不够的，要保证自己阅读的品质，还有赖于"深阅读"。

阅读是有年龄的

阅读也是有年龄的。所以，有些书要用很多年才能读懂。

比如年少时，别人推荐我读清少纳言的《枕草子》，翻了几下又翻几下，不知道她到底在写什么。不过是些随手涂抹的文字吧，马上放在一边。年岁渐长重拾起来，却看得津津有味。放在今天，就是偶尔被人发现的、一个叫清少纳言的"微博"，一段一段的写得直率可爱、心思柔软，真是一本太好不过的枕边书。翻页间还仿佛闻到了隔世的气息，锦服时花、可爱的人、有趣的事，四时物华里旖旎的风情，也许都是那位才女夜深时悄悄写下的吧，读来婉约轻松，初淡而回甘，灯下随便翻翻，可消永夜。

还有，大学时代读过哈珀·李的《杀死一只知更鸟》，就跟没读一样。前些年，朋友的孩子在美国读高中，听她说必读书之一就有这本书。出于好奇又重翻，却看得无限唏嘘：种族歧视最严重的美国南部，20世纪30年代，一个黑人被控强暴白人少女，一位律师为他伸张正义，代价之一是：他儿子的一只手。这部获普利策奖的作品 1962 年被改编拍成电影，成就了一个奥斯卡影帝，格里高里·派克。但是作者哈珀·李因为童年的创伤和性格的拘谨，始终沉默以待，甚至前往白宫接受布什总统授予荣誉奖章时，她仍然保持着自己的缄默。

顺手搜搜这两位才女作家的其他书——居然很一致：没有，一本都没有。

《枕草子》是清少纳言一生唯一作品。史载她婚姻不幸，曾两度出嫁，最终落发为尼不知所终。在这部被她戏言为"笔也写秃了"的作品中，凝聚了她的全部审美观，凡是要对事物发表评论时，她用得最多的一个词汇是"很有意思"。

哈珀·李呢？一夜成名之后，她迅速把自己包裹得严严实实销声匿迹。她终身未嫁，住在养老院里，拒绝所有采访，也不理会粉丝的热情。89 岁时，她于家中逝世。

《枕草子》描述的一千多年前的日本宫廷生活，是清少纳言入宫奉伺中宫藤原定子（日本平安时代一条天皇的皇后）的时期，差不多是她从 27 岁到 37 岁这段年纪，这是一个女人最成熟也是最丰盈的年纪，有激情，也有淡定。

"一直过去的东西是，使帆的船。一个人的年岁。春，夏，秋，冬。"类似的短句俯拾皆是。她能用平和的心态描绘生活的肌理，用纯真的目光捕捉自然的色泽，这本书其实写得很单纯。搁下书，再回忆起来，人生这东西，是否也正如清少纳言所言的"很有意思"这四个字呢？

哈珀·李的父亲是一位律师，她曾梦想跟自己的父亲一样做律师，却爱上了写作，并逐渐成为她唯一的生活内容。《杀死一只知更鸟》一开始，只是她对父亲当年接手的一个案子的回忆片段，直到小说发表引起轰动之后，她才意识到自己所写的，其实是一部半自传体的小说。或许是童年的创伤太深，她靠写作疗伤，又在写作中沉沦。看到纪念她的文字，在养老院的晚年，哈珀·李曾给人写了一封信，信中写道："在一个盛产手提电脑、iPod而思维却空荡荡的富贵社会里，我依然与我的书本迈着迟缓的脚步前行……"

这两个人的身世并无相似之处。相隔千年不说，清少纳言是个宫廷女官，地位优越，情趣高雅，生活精致而闲逸。而哈珀·李始终是一个内心挣扎的女人，她的创作过程，实际上是揭示自己家庭秘密的痛苦过程。为了掩饰自己性格的拘谨和局促，她酗酒，选择用沉默来对抗这个世界——为何我总会不知不觉地把她们联想在一起？

这样的作家，历史上从来没有缺少过，闪烁的灵魂和才华就像掠过天际的哈雷彗星，他们一生只闪耀一回，而我们大部分人，却需要用一生来渐渐地读懂他们。

在文字中慢下来

　　我推荐别人读萧红的《呼兰河传》。没两天，那人就把书还我了，说"哎呀没耐心看！"这部小说更像是萧红的自传，她徐徐回忆着出生小城的每条街道每间商店，自家的每间屋子每个摆设，当然还有那些人、那些事。十字街的泥坑，陷了多少次马；漏粉人家的草房歪得一塌糊涂，也没人说要去修；七月十五呼兰河上的水灯向下游漂，漂着漂着就灭了一盏；邻家人的歌声，像一朵红花开在墙头上，越是鲜明，就越觉得荒凉。

　　意大利作家翁贝托·埃科在《玫瑰的名字》中，写"我"不小心把蜡烛打翻，那烛火点燃了图书馆的古旧书籍。埃科没有这样写：我们眼看着火越烧越大，最后整个图书馆都被烧毁了。他耐心地跟着那一把小火写，写它烧到东边一块，然后又烧到西边一块，那火势怎么一步步地大起来，然后我们又是怎么面对的。洋洋洒洒几页字都在写这场大火。哪怕是你跳过去不看这几页，也不妨碍你看后面的故事。

　　《追忆似水年华》长期占据"买了来读不下去的书"榜单前

三甲。有研究者说，读普鲁斯特，并不是要学他的写作手法，而是要学会用他的眼光来看世界——教堂的彩色长窗，河边的静谧睡莲，贡布雷的美丽山楂花……煮过的果子，仿佛退回到开花的季节，果汁就像春天的果园，呈现出紫红色，让人一滴滴呼吸，一滴滴凝视……用这样的节奏，徐徐展开一个个画面，最后才能令人信服地说出："生命只是一连串孤立的片刻，靠着回忆和幻想，许多意义浮现了，然后消失，消失之后又浮现，我终将遗忘梦境中的那些路径、山峦与田野，遗忘那些永远不能实现的梦。"

昆德拉更厉害。他写了一本名字就叫《慢》的小说，小说只写了一个晚上：一个到某著名城堡度假时构思作品的作家和他的妻子；一个参加昆虫学会的法国知识分子；一个18世纪红杏出墙的夫人及她的情人。知识分子的聚会是作家正在构思的情节，而某夫人和骑士是他读过的一本书中的人物。小说的末尾，这三个时空突然扭曲交织，知识分子和作家下榻的是同一个酒店，而这也正是夫人与骑士、知识分子与情人共度良宵的地点。而这个作家，似乎就是昆德拉自己。昆德拉刻意放慢了几个故事的时空，犹如放慢了历史，让人体味到慢的哲学和美学。

……

在今天这个"快阅读"时代，这种缓慢的写法是挺容易招人厌弃的。很多人读小说只看情节，细腻的描写总是匆匆掠过。我相信在读上述的小说时，很多人是会不耐烦的，"啰里啰嗦写那么多，结果情节还停在原地！"是的，如果要看跌宕起伏的故事和惊险刺激的情节，你完全可以跳过这些作家。他们是"慢"的，他们有自己"慢"的小说美学，这种写法，常让我想起一个经济学名词：软着陆。

这样的"慢"，绝非慢而无趣，堆砌细节，浪费笔墨。他们是慢的，也是美的。每一个细节的背后，都透着作者的"力"和"光"。"慢"不是目的，而是作者观察和透析的过程，有饱满的信息量，那锁定的目标，如冰山一角在海面逐渐浮现起来。

你去爬山，有时会看见一些幽径，顺着走进去，能遇到那些最孤独的大树。它们因为远离道路，不会被修剪和关注，它们默默缓慢地生长，枯荣自守，四周一片沉寂。只有落叶委地的微响，那些树上却总是栖息着最美的云絮和鸟声……如果你大步流星一路趱行，这份缓慢而独特的美，便会与你擦肩而过。

所以，欧洲的阿尔卑斯山里，沿途路牌上经常有这样的话"慢慢走，欣赏啊！"写作和阅读也是这样。走在情节发展的途中，从容溜达欣赏，沿途的山水风光才能尽收眼底。

在这个浮躁的时代，让我们在文字中慢下来。

宅人的前世和今生

近日奔波甘肃青海，在飞机上看杨绛专访，这位 101 岁的老人谈到自己的生活时说，"我是一个宅女"。

不禁莞尔。非我高攀，说起来，我跟杨先生还曾经是两度的"校友"，她读过的振华女中，现在的苏州第十中学，我读过；她读过的东吴大学，现在的苏州大学，我也读过。

看她的活法，我觉得当一个宅人，真是美好的事情。我常常想，其实最早的宅男宅女，就应该是杨先生那样的作家吧。

中国人一度把作家称为"坐家"，意思就是坐在家里，和今天的宅男宅女颇相似。在旧时代，做宅男尤其难得，因为男人为了养家糊口，不得不出门在外，或客或商或仕，至少也得成个朝九晚五的"上班族"。偏偏作家就能消消停停地做个职业宅男，按自己的时间表作息起居，居家赚钱，坐而收利。古代叫润笔，现代叫稿费版税，按字数或销售册数或网络点击量折算。经常看到为了稿酬和版税打起官司的事例，或大或小，总能搅得一池波澜。最有趣的是我见过一个博友，是个坐在家里的作家，平日里有空就翻各类文摘报刊。只要看到有不打招呼就转载她文章的，立刻一个电话打到编辑部去催稿费，真的还被她催回了不小的数额，维权有道。

村上春树说到自己的作家生涯时，曾以他一贯的轻哂风格写道："总的说来，小说家的一天是极其平凡而单调的玩意儿，没有奇遇，坐在家里，一边吭哧吭哧写稿，一边用棉球签掏耳朵，一天就一忽儿过去了。"不同的是，一般人耳朵掏完了也就完了，村上却能从中掏出作品来。现在，他是世界上作品发行量最大的小说家，坐家而富，羡煞人也。

也有一些作家，生前拿不到丝毫稿费，死后倒成为畅销书作者。只可惜，他们已无法享受殊荣，就无偿地造福于后人了。

比如曹雪芹。《红楼梦》诞生后印了多少版、多少册（包括早期的手抄本、刻印本），已无法统计。看过新闻，仅人民文学出版社起印的《红楼梦》就已突破 500 万套，这是确切的。这500 万套，还不包括同时期别的出版社出的各种版本，更不包括盗版。而曹雪芹不仅拿不到书的版税，影视、戏曲、歌舞改编权乃至旅游餐饮等延伸开发项目的冠名权，所产生的经济效益，都与他丝毫无关，这笔遗产若有人继承，早就是中国首富。

想一想，这巨大的财富，却是一个宅男创造的。《红楼梦》就是一个两袖清风、想入非非的宅男做的梦——像美梦，又像苦梦。这个清朝乾隆年间的宅男，蜷缩在北京郊区一个小村落，一座破烂四合院的厢房里，每日青灯黄卷，只有菜粥填肚，却做了一个最豪华的梦。他还把这个余温尚存的春秋大梦用蝇头小楷给记下来了，他把这个梦做大了，做成了。这个梦在当时并没能改变曹雪芹自己的命运，但在以后的岁月里，却间接地改变了千千万万人的情感与记忆。想想梵高和他笔下法国阿尔平原上灿烂的阳光和向日葵，也是一样。

今天，网络信息产业的高度发达，使"宅"变得极为容易。一台电脑，就笃定让你远胜于古代的"秀才不出门，便知天下闻"。当然也有人不理解：整天家里蹲，那跟囚徒还有什么区别呐？

要我说，宅人与囚徒最大的区别，不只在于自我监禁，更在于他们是"有梦想"的。这梦想，五光十色，绝非仅限于写作。做个有梦想的宅人，宅，才能成为一种自得其乐的生活方式。

这个速度正好

语言的速度，其实是蕴含了很多信息的，除了表述的技能，也有作者对他所表述的事物所持的态度和立场。

寿岳章子的《千年繁华》和《喜乐京都》都读过，我喜欢她笔下的京都。作者笔下的古城生活当然还是相当有色彩，不过我更欣赏的是那种讲述的语速，不紧不慢，正好，跟踩着木屐似的，袅袅婷婷。而现在人描述一件事物，给我的感觉就是语速普遍特别快，害得我常常产生耳朵不够用的感觉，那种快又并不是包含更丰富的信息，它就是快而已，以快来解构一切寻常的优雅，这只能说是口舌的进化罢了。

一个城市需要保留的，应当有一些百年以上的老建筑、老店面、老物件，以及一种与之搭配的语言状态。如果用时尚的网络语言来描述这些事物，就会显得滑稽。网络用语的动词常常很脆，带着小小爆裂感，散发现代气息。年轻人说话夹带年轻的词语，把青春也衬得很动感好看；同样的用语，若见于传统媒体，则不是味儿。

卡尔维诺在《美国讲稿》中聊了语言的轻与重，这个轻与重不是文字的体量问题，而是现实与文本派生出来的关系。语速也当然不等同于音律意义上的快慢，毕竟很难知道一个写作者日常说话是什么样子，何况他怎么说话，与他文字的关联性也并不是必然的。

海明威的小说短句型多，但速度并不快。比如他在《乞力马扎罗的雪》开篇的那个著名的段落："覆盖着积雪的乞力马扎罗山高 19710 英尺，据说是非洲境内最高的一座山峰。山的西主峰被马赛人称作'纳加奇——纳加伊'，意思是'上帝的殿堂'。靠近西主峰的地方有一具冻僵风干了的豹子尸体。豹子在那么高的地方寻找什么，没有人做出过解释。"这是一种类似教科书式的冷静。这种写景与老派的俄罗斯文学不同之处，在于他尽可能减少了意象的堆叠，以使严酷的场景与人心保持距离，让你在听故事时离得远一点，这个速度就正好。

很多人吃不消狄更斯的唠叨，我却独爱这个伤感的老头儿。他能将一个人漫长琐碎的一生写成一朵千瓣花，不厌其烦地一重重打开，其中充满优雅的英式趣味和幽默，各式各样古怪可爱的人物……不疾不徐，迂回曲折，最后回到原地。失散久别的亲友又在一起了，总是夜晚，总是壁炉柴火熊熊燃烧，更是蜡烛热茶，大家围着那张不大不小的圆桌，你看我，我看你，往事如烟，人生似梦，昔在，今在，永在……

马尔克斯给我的感觉，永远都是那么急着说很多事，他的文字显得激动和有热力，体量大，从而带来速度的惯性，用这个速度驾驭他的故事，也是正好。《霍乱时期的爱情》给我的体会就是动作很多，人物都像有多动症，在一个语言空间里做了很多事。他写那对表姐妹一起入浴，"互相擦肥皂，捉虱子，比臀部，比乳房，把对方当成镜子……"这让海明威来写，估计就一句"她们泡在水里，欣赏着对方的身体"。

川端康成的语速是慢的，这可能部分有健康的原因。这位老先生给我的印象就是身体不太好，读他的《古都》，怀疑他是不是写的中间睡过去几回，老想给他捶两下背。"嗨，打起精神来，咱能加快点进度吗？"

又想，日本美学中的哀与伤，是语言堆砌出来的，川端康成将这点发挥得淋漓尽致，如果速度太快，就哀伤不起来了，慢点正好。

语速在隐含很多信息的同时，也能将叙述者直接推到读者面前：古龙的语速快，这与他喝酒时的激情状态很贴切。亦舒的语速快，短句多，大概和香港人的生活节奏有关系吧。

这是关于生活，你能说出的一切

　　记得 2010 年，对我是比较特殊的一年，那年 8 月父亲的去世，使我相当一段时间情绪低迷，一旦空下来能做的事，也只有日复一日的阅读了。《逃离》就是那时夹杂在很多书中一起读的。这本书 2009 年获得"布克国际奖"，这个奖几乎是"成就最高、最好看的英文小说"的代名词，于是这本书被翻译过来并出版了。

　　这本书的作者，就是如今大名鼎鼎的艾丽丝·门罗。在她 2013 年获得诺贝尔文学奖之前，我只看过她的这本《逃离》。在她获奖后，几乎她所有的作品都翻译出版了，摆在书店最醒目的位置，腰封上"诺贝尔文奖得主"的字样直扑人眼睛，但是从那时起直到今天，我也只看了另一本她的书，就是《亲爱的生活》。

　　总是她最擅长讲述的中短篇故事，总是发生在她的家乡加拿大小镇休伦湖附近，总是讲述平凡女人的生活。别离与开始、意外与危险、离家与返乡。命运的捉弄使人偏离原先的轨迹，改变一个人的生活。富有的年轻女孩和处理父亲遗产的已婚律师相恋，结果陷入一起绑架事件。年轻的士兵离开战场，回家去找未婚妻，却在路上碰到另一个女人，并和她坠入爱河。女生多年后偶然遇到中学同班男生，双方都在生活的困顿中，互相扶持了一段，顺理成章地计划共度余生的事情，却被一些鸡毛蒜皮事扰乱了心情和生活，好事难成，一波三折之后，两人竟然成为了邻居……

《逃离》和《亲爱的生活》，都是这样一个个章节小说集的节奏，描写无数女人一生都不曾留意的细节与情绪。很难忘《逃离》中，那个叫朱丽叶的女孩的命运，《机缘》《匆匆》《沉寂》，三个短篇像三个戏剧场景，朱丽叶和一个有妇之夫同居，不顾母亲反对决定生下孩子；她刚生下孩子，母亲却死去了；朱丽叶的孩子长大成人，抛弃家庭出走了；朱丽叶成了女性的李尔王，年老体衰，孤独茫然。这个故事看得我毛骨悚然，好像自己跟着朱丽叶活了一遭，到最后，一无所有，也无处可逃……

门罗的小说里有一种"自然的属性"，既亲切温暖又让人随时惊叹，给了我悲哀日子里很多温暖的安抚，就像小时候临睡前祖母讲的故事，用故事来布置我们的梦境。门罗是一个讲故事的高手，在她东拉西扯、充满着朴素观感和触感，她淡淡的白描文字当中，闪烁着明净的智慧。她用一种类似剪纸的方式讲故事，使的是下脚料，写的是琐屑事，东一刀西一剪看不出形状，但剪完一抖，再展开一看，却妙趣横生，引人入胜。

门罗总是将目光流连于平凡女人的生活，精确地记录她们从少女到人妻和人母，再到老年的历程。她写得传统，没有任何"新式武器"，完全靠细节笔触去感知和把握人物，有点让小说"素面朝天"的意思。她选择的都是女人生命中重要的节点，相逢、相爱、生育、死去、错过……以及由此而来的身心重负。看似琐屑散乱，离主题的"高大上"太远，她用波澜不惊的话语描述着一切，从不高声，但看的人却情不自禁地代入其中，感同身受……我们的生活岂不就是这样的？打鸡血"高大上"的能有几人？这才是关于生活，你能说出的一切。

　　读过太多的"成功学"，无一例外地将人的生命划分为有意义和没意义，鼓励每个人去追寻所谓"生命的意义"。但在它们那套标准里，成功有意义，失败无意义，有钱有意义，没钱就无意义，这真让人焦虑啊。直到读完门罗，才算松了口气。

　　温柔宁静的午后，这个美丽的老太太消消停停对你说：人生是你自己过的，而不是靠别人判断的。人的一生，就是在命运的琐屑中痛苦挣扎，没有人可以遁逃。尽管如此，也请你更积极地爱这个俗世，恨这个俗世，一生都沉浸和享受其中吧，因为神最爱这种人了。

只要还能吃下饭，就不会糟糕到哪去

听到过欧美人抱怨：看东方人对食物的描写，觉得你们真是太爱"吃"了。

曹雪芹把一个"茄鲞"说得那么复杂，又是切丁鸡油炸又是鸡汤煨的，用鸡脯子肉并香菌、新笋、蘑菇、五香腐干、各色干果子，用香油一收存放在瓷罐子里，想吃的时候还得再拿鸡瓜子来拌。难怪刘姥姥笑道："别哄我了，茄子跑出这个味儿来了，我们也不用种粮食，只种茄子了。"这道菜听着神乎，估计真有人按照此方也做不好，茄子经历过这么折腾还有茄子味吗？卖相也好看不到哪里去呀。

不过，曹雪芹至少让人明白了，即便一道最乡土的菜，也得弄上十八道工序，才能与大观园里"烈火烹油，鲜花着锦"的生活相匹配，所以就借着凤姐海吹胡侃，后人真想照书复制做菜，还真个靠谱。事实上我就曾经吃过按曹雪芹的菜谱炮制的"创意红楼宴"，除了"中看不中吃"之外，真想不出其他评价它的词来……因为倘若仅仅把《红楼梦》当菜谱来读，根本就是你的错。

　　真正把美食当成信仰来写，且折服了人心的，陆文夫大概是第一人吧。当年读了他的《美食家》，才知道"嘴馋"居然也可以成为人头顶上的一顶桂冠。接下来是江湖传言：京城里最会做菜的文化人是汪曾祺，绝活是烧小萝卜；还有王世襄素菜荤做，一道焖葱儿就秒杀了所有高手。而所有这些，功夫都在"吃"外。

　　"文化吃货"的拿手菜，一般具备几个特质：一是食材普通，能出奇制胜。你很少见他们用鲍鱼澳龙来显摆。二是忌油腻，一定要有素面朝天的卖相，清爽得让人连做人的道理都能同时悟出来。三是原料必须新鲜讲究，还得给它立个说法。比如你今天准备露一手清炒竹笋，借鉴一下红楼笔法：笋子一定得是立春的第一场雨后第二场雨前发出来的才好吃，第一场雨前的笋过于生涩麻嘴，第二场雨后的笋又没有了那种脆嫩滑爽的口感……然后饭桌边的我们，都对那碗笋有了诗的冲动了。

　　当今的日本文学，也很爱吃。吉本芭娜娜的成名作《厨房》，主角就是一个在祖母去世后疯狂爱上了做饭，一个夏天翻烂了三本料理书的女孩，吃到了好吃的猪排饭，马上坐车送到另一个城市与恋人分享……我动手打扫起来，蘸着洗涤粉用力刷水槽、擦灶台，再把微波炉的托盘洗干净，把刀擦亮，然后把抹布都洗好漂净，放到烘干机里。看着烘干机轰轰地转，才慢慢明白一颗心实实在在踏实了。

　　村上春树的小说总有咖啡和爵士乐背景，他的主人公都很孤独，却独得其乐，每每在完成一桩事情后，会以大吃一顿来犒赏自己。在深夜读到："两人闷头吃煎蛋，吃盐巴烤竹荚鱼，喝海贝大酱汤，吃腌芜菁，吃炝菠菜，吃烤紫菜，把热白米饭吃得一粒不剩……"你会觉得，哪怕只是吃一顿简单的饭食，也可以是这世上最温暖的事情；而对于那些不能感受到食物乐趣的人，村上干脆直接形容为：那两人吃得就像是在给自己加燃料一般。

这大概是某种东方人的方式，不太习惯光秃秃的抒情和说教，而是习惯用具体之物去表达感情。这感情不是流光溢彩的语录，而是饭香菜美的照顾。见到有人说：如果说西方文学的迷人之处，是哪怕最卑微的小人物，在饭桌边一坐，就可以谈灵魂，那么东方文学的迷人之处就是，作为温暖集散地的饭桌，本身即灵魂。

作为一个不擅做饭的吃货，很多时候食物就是我的记忆。美食把每一个值得记住的事情串在了一起。和挚友在小巷饱食一顿后迎面吹来带有牛油味道的风；在异国他乡跨年时一碗咖啡厅送的水饺；陷入人生低谷时去泰国，在曼谷吃到廉价美味的海鲜；在云南大理的夜晚和人一家一家酒吧喝过去，最后终于让我喝醉了的米酒……食物的酸甜苦辣和生活的酸甜苦辣是重合在一起的。它是胶水，把当时的心情、地点、对象、温度、气氛，甚至风向都粘住了一起。只要还能吃下饭，就不会糟糕到哪去。

愿大家都有一个好胃口和一张好饭桌。

谁此时孤独，就永远孤独

　　眼下虽是初冬，但天气晴好如深秋，到处秋叶斑斓，竟是一年中最明丽的一段时光。

　　天高风轻，微云澹月，忽然想起里尔克的《秋日》——

　　　　主呵，是时候了。夏天盛极一时。

　　　　把你的阴影置于日晷上，

　　　　让风吹过牧场。让枝头最后的果实饱满；

　　　　再给两天南方的好天气，

　　　　催它们成熟，把最后的甘甜压进浓酒。

　　　　谁此时没有房子，就不必建造，

　　　　谁此时孤独，就永远孤独，

　　　　就醒来，读书，写长长的信，

　　　　在林荫路上不停地徘徊，落叶纷飞。

……

　　我读诗不多，但多年前第一次读这首诗时心就遽然一跳，那种感觉，可以套用一句也是他的诗"我因认出暴风雨而激动

84

如大海"，从此记住了里尔克这个名字。

此后持续读过里尔克。成熟期的《杜依诺哀歌》和《献给奥尔甫斯的十四行诗》当然更为著名，更有深度，意向纷呈，但给我印象最深的还是这首《秋日》。

这是 1902 年，27 岁的里尔克在巴黎写的。

《秋日》里，自始至终都是"我"在说话，这个"我"是诗人吗？不知道。美好的"秋日"是上帝创造的，但是"我"并不卑微，因为上帝其实无言，通篇都是这个"我"关于"秋日"的建议，仿佛"我"就是世界的主宰。

"谁此时没有房子，就不必建造 / 谁此时孤独，就永远孤独。"这个名句几乎概括了里尔克的一生，他没有故乡，注定永远寻找故乡。这位生于布拉格的奥地利现代诗人在写给他的女友（也是后来的妻子）的信中写道："倘若我假装已在什么地方找到了家园和故乡，那是不诚实。我不能有小屋，不能安居，我要做的就是漫游和等待。"也许是这两句最好的注释。

"就醒来，读书，写长长的信，/ 在林荫路上不停地 / 徘徊，落叶纷飞。"诗句强化了孤独与漂泊的凄凉感。一个孤独遐思者的形象呼之欲出，天涯沦落人很多，但漂泊也各有不同，里尔克此时的心境，最为清醒而沉潜。

从 1902 年 8 月起整整 12 年，巴黎就是里尔克生活的中心。他手头拮据，面临巨大的经济压力，在那些廉价客栈中搬来搬去，"这座城市很大，大得几乎近于苦海"。

1905 年秋，里尔克接受罗丹的建议，做类似私人秘书的工作，每月两百法郎的报酬，帮助他可以在巴黎安身。但里尔克发现，这极大地限制了他外出旅行的自由，他的独立性受到威胁，"我想，我会成为这样一个诗人，要是我能在某处居住，我就会使用一个房间，在那里和我的旧物、家人照片和书本一起生活，就会有安乐椅、鲜花、家犬和一根走石子路用的手杖。如此而已。然而，事情发展并非如此，上帝会知道，这是为什么"。

多年来，里尔克都生活在相悖的两极：他向往人群渴望交流，又独来独往，保持自身的孤独状态；他辗转于巴黎廉价的小客栈，又向往乡村和自然，"在今后的岁月里，无论在何处逗留，无论是否向往安全、健康与家园，或者更加强烈地向往流浪者的真正自由，乐于被变化的欲望所驱使，在内心深处总有一种无家可归感，而这种感觉是不可救药的"。

里尔克终于听从自己内心的召唤，他离开了巴黎，开始四海为家，在庄园、别墅和城堡寄人篱下，在第一次世界大战爆发前的四年中，他在欧洲近 50 个地方居住或逗留。他总是心神不宁，但意志坚定地走在"他乡之路"上：谁此时没有房子，就不必建造，谁此时孤独，就永远孤独……

推荐"简而娱"的养生之道

养生之道，是当今最亲民最流行的"瓜"，人人爱吃。

所谓"简而娱"，不难理解，简就是简单乃至极简；娱，是娱乐，引申为欢喜和快乐。

先看看这位生活在台北的舒国治先生。

"我赌，只下一注，我就是要这样地来过；睡。睡过头，不上不爱上的班，不赚不能或不乐意赚的钱。——看看可不可以勉强活得下来。"

这是他的《理想的下午》。书里写的，没什么奇异之处，但我们就是做不到。比如：口袋里没钱怎敢出门？没有一个稳定的职业在社会上何以立足？吃的住的，不紧跟潮流岂不被人笑话落伍，乃至被"圈子"排除或者边缘化？

舒国治偏偏反其道而行之。有人说他是"生活在现代台北的古代人"。他至今"住的楼没有电梯，因为 4 楼以下爬行并不辛苦；不装冷气，因为夏天就应该出汗，正如葡萄味就该微酸，西瓜就该有籽；反季节水果是一场噩梦；家中拒绝一切多余的东西，比如电视；听戏曲或音乐，多在现场且远久一赴，无需令余音萦绕耳际，久系心胸。家中未必备唱片，亦不甚备书籍；放弃你觉得非拥有不可的东西，露出更多的墙面"。

所谓"简"，无非如此。

舒国治没有上班的"单位"，他只靠写稿谋生，稿酬也并不丰厚；有了名声，不是不能过得富裕一些，靠商业运作一下并不难，可他不用欲望束缚身心，只想舒缓任性地活着，把自己从社会这台高速运转的大机器上卸下来，不做螺丝和废铁，只做一株野草，悄然随四季枯荣。——清瘦的身形、有趣的谈吐，他活得令人羡慕。

至于"娱"，那就回头再远一点，看看李渔吧。

李渔，号笠翁，明清之际人，屡试不中，又逢改朝换代，便不再应试，转而投身文化产业。他深谙市场运作，极富娱乐精神，写作之余经营一家"芥子园书坊"，还兼做房地产生意，养了一个戏班子，没钱花了也去达官贵人家里打打秋风。

我读明清小品，就是从李渔的《闲情偶寄》开始的，直到今天，这本书还是我在明清小品中最偏爱的，它对我的阅读习惯和生活方式都有影响。

《闲情偶寄》一直被人当做是"艺术理论"作品，但我反复读下来，觉得它主要讲的还是生活方式，甚至有专门的文字谈论午睡的乐趣，书里还有"颐养部"，谈的就是如今全民风行的"养生之道"。

李渔认为要想身体好，首先就要"心和"。他举例说，一棵树木如果生出虫子来，肯定在生虫之前就已经腐朽了；而"心和"，就是人体的根本，一个人，强心才能健体，"心和，则百体皆和"。

如何才能做到"心和"呢？李渔的要诀是"略带三分拙，兼存一线痴"。也就是说，与其聪明过人，不如有三分笨拙；与其机灵善变，不如有一点痴傻，有点像郑板桥的名言"难得糊涂"。——这其实讲的是心理健康。

李渔自己一生多病，几乎像神农一样，遍尝百药。但到老年，他却不再吃药。他深感医生和药不是万能的，而多做平时一贯喜欢的事情，可以当药。李渔说自己没有别的癖好，就是喜欢读书和写书，借此消除了忧愁，释怀了愤怒，也铲除了牢骚不平之气。而普天下的人哪一个没有自己喜欢的事情呢？有的喜欢吟诗，有的喜欢下棋，对病人的这些喜好，要鼓励他们去做，"莫加禁止"，令他们快乐而活。——确实，世上没有一种药，能比得上一颗雀跃欲言的欢喜心。

他们是作家，但首先都是一个"生活家"，推荐这样的"简而娱"，没问题吧。

童 话

安徒生大家都太熟悉了。

因为安徒生，世人讲起丹麦时，总是跟"童话"联在一起，在我看来，这简直是一个国家莫大的荣幸。但事实是（去过丹麦后才知道），在哥本哈根，如果你跟当地人提到安徒生，他们通常会说，我们的城市有太多吸引人的东西，安徒生只是很小很小的一部分。那种口气，那种情绪，就跟老外一听到你是中国人，就跟你提李小龙一样，简直与时俱退，让人格外不爽。还据说，丹麦人其实并不是特别喜欢安徒生，他的抠门（据说是喜欢蹭饭）、他的自私（据说是亲兄弟有难都不肯接济），还有他复杂幽晦的情史都是原因吧。

但是在他的童话里，安徒生实实在在是一个上帝般的存在。——"用清澈之眼观滔滔俗世，胸中有波澜，笔底有起伏，但心中无审判，这是所有伟大作家的共通点，或者说正是伟大的立足点，那里只有对人类命运的深深同情，那种巨大的悲悯，对任何人都一视同仁，并无二致。"蒋勋先生的这段话，放到安徒生身上，再合适不过。

《皇帝的新装》。文章中能看到人性中趋炎附势的丑态，也更看到了赤子之真。

《卖火柴的小女孩》。既流露对现实的绝望，又闪现对未来的期望。

《柳树下的梦》。故乡就是这样一个地方，也许它并算不得特别可爱，但如同初恋情结一样，有一种难以解释的神秘魅力。

《老头子做事总是对的》。单纯的心境、朴素的想法、古老的生活原则，在现代生活里散发出一种类似乡愁的愉快和伤感。

……

《海的女儿》，这是最具"安徒生特色"的一篇。

欧洲传说中的"美人鱼"，是既狡猾又冷酷的生物——她惯于用冷艳的外表和哀怨的歌声来迷惑过往船夫，她喜欢占有，但从来不懂得奉献。然而在《海的女儿》中，我们看不到坏人的存在。即使是看似邪恶的巫婆，也似乎并不可恶，她和小人鱼之间的交换，更像是一场你情我愿的"公平交易"。王子当然更不是坏人，也不是负心汉，只是他对小人鱼的感情就像哥哥对妹妹一般亲密又天然。

而《海的女儿》里最伟大的一笔，是小人鱼拿起了尖刀，却把它掷到海里。因为爱上了王子，她失去了海底自由自在的生活，失去了美妙的声音，失去了超长的寿命，还忍受了刀尖上走路般的痛感，但王子只把她当做妹妹，却要和别人结婚了……此时她只要拿刀刺向王子，让王子的血流到她腿上，就可以再回到过去，但安徒生却让小人鱼把刀扔掉了。

人的高贵，在于拥有一个善良而有爱的灵魂。安徒生小心翼翼地抹掉了故事里所有的血腥、残忍和报复，投之于悲悯和期望。直到今天，小小的柔美的美人鱼铜像还坐在哥本哈根的港口边，忧伤着，眺望着，也期待着。

还记得我当年去看小人鱼，坐的是运河的最后一班轮船，上船的时候还是阴天，丝丝冷雨。渐渐地，雨停了，天放晴了，轮船抵达美人鱼面前的时候，海面上竟然金光大作，小小的泛黑的美人鱼铜像，在暖黄色的光晕中无比柔美动人——如果说这座城市托了安徒生的福，那么此时，简直就是童话上演了。

一直觉得，好书的一个共性，就是里面的每一个角色，都顺乎逻辑，都可以理解。好的能理解，坏的也能理解，因为这世界上原本就没有绝对的好人，也没有绝对的坏人。世界是复杂的，人性是复杂的，好的故事写出了这种复杂性，也写出了人性的丰富和深邃。

悲悯之心，赋予安徒生的童话超乎时空的魅力，就如在他的自传中所说的，"无论对上帝还是对所有的人，我都充满爱意"。

第二辑
阅读是一种救赎

　　我阅读书本，它和我的神经中枢发生反应。
多少世事沧桑和自身局限，依靠阅读得以救赎。
而它也在观察我，不动声色地把我的生活拓印进
它的身体里。

　　书是有生命的东西。人与书的关系非常奇妙。

　　好的书写，让人心怀感恩。

医生契诃夫

安东·契诃夫是闻名于世的短篇小说大师。

他首先是个医生。1884 年，他毕业于莫斯科大学医学系，之后在兹威尼哥罗德地区行医。他用于行医的时间和写作相比，很可能还要更多。他热爱医学，"医学是我的合法妻子，文学是情人。当妻子让我厌倦，我便去情人那里过夜。这样做虽不成体统，然而能让我不感到枯燥，况且，我的这种背信弃义行为并没有给两者带来任何的损失……"

契诃夫 26 岁时就因写作而成名，但他没有"弃医"，即使在寒冷的夜里，接到病人求助他还会坐着马车出诊。

其实他靠行医挣不到什么钱。穷人基本付不起医药费，凑几个卢布还不够马车费。而穷苦的病人永远都是塞满门庭，给他打下手的妹妹玛莎，最后都成了半个医生。霍乱流行时，政府要他负责一片二十多个村的防疫，报酬微薄还没有助手，契诃夫就一个人在原野上奔走，因为个子高，走得急，脑袋老是撞在农户低矮的门框上……

偶尔他也会自嘲，"在所有医生当中，我是最不幸的一个：车马不顶用；不认识路；又没钱；病人太多，我会感到疲劳。最关键的是——我从来都无法忘记自己必须写作，我迫切地希望把霍乱病人送走，让自己能坐下来写作……我的孤独彻头彻尾"。

1890 年，契诃夫以一个医生的身份，去沙皇政府安置苦役犯和流刑犯的西伯利亚库页岛做调查，他奋力走向自己不熟悉的领域。索尔仁尼琴多年后看到的古拉格惨状，契诃夫在 19 世纪末就感受到了，之后他写出了《库页岛》《在流放中》《第六病室》等震惊世人的作品。也许，正是因为世界上有一个叫契诃夫的医生，才会有一个叫契诃夫的作家。

如果说，托尔斯泰是向上飞升，最后成了个宗教圣人；那契诃夫则是向下扎根，彻骨的寒心。医生职业眼光的影响，又造就了他冷静客观、不动声色的观察力，也使得他在面对社会时，很容易将它看成一个"病者"，任何无聊、庸俗、肮脏、微小的东西都无法隐藏，他总能揭露其丑恶的一面。

他笔下经常有医生的形象出现。比较著名的有：

《跳来跳去的女人》里的戴莫夫。因为妻子过分炽烈的欲望而显得沉默无趣，其实是一个是个有良知和道德感的人，对工作有强烈的责任感，也甘于为他人默默奉献。

《第六病室》里的拉京。本是个善良的医生，长期的行医使他厌倦，生活现状使他内心的观念发生了动摇，最终他被关进了精神病院的"第六病室"。

《出诊》里的科罗廖夫。医生给一个工厂主的女儿看病，她并没有什么严重的病，主要是优渥生活条件下产生的内心空虚；小说也从医生视角描写了工人艰苦的生活。

……

于是曾经被人问："这些小说的讽刺性，体现在哪里？"

谁说契诃夫的小说都是"讽刺"的？是曾经的教科书留给人的印象？事实上，我觉得契诃夫的大多数小说是"探索"与"探讨"性的。——用医生手术刀般精准的笔法，描写了庸俗苍白的现实生活，他惋惜于被这样的生活毁掉的那些有价值的生命，悲天悯人地叹息：怎么办？或温柔地憧憬："总会好起来的吧……"他始终是一个谦和、优雅、克制的人。

我想起多年前，去到契诃夫的故居——梅利霍沃庄园，它距离莫斯科很近，印象深刻的一个细节：庄园里除了契诃夫铜像外，还有他钟爱的两只狗狗的铜像。

那是两只看上去萌态十足的达克斯狗，一只叫辛娜，另一只叫布罗姆。

讲解员说，在契诃夫病逝前的那些日子里，每天晚上，辛娜头一个跑进契诃夫房间，它将两只前爪搭在主人的膝头，用温存的眼神与他交流，契诃夫抚摸着它：辛娜啊，我知道你不舒服了，你该治病，别担心，一切都会好！辛娜前脚跑出房间，布罗姆后脚即到，它也把前爪搭在主人膝头，契诃夫医生也得替它诊疗一番……

雪花入掌，薄凉自知

　　亦舒称不上是十分了不起的作家，虽然出了三百多本书，却肯定和文学奖无缘。

　　但她是我个人较为喜爱的作家。我欣赏一个作家，大多是因为他写得好，但若喜爱一个作家，往往是被他身上强烈的个人特质所吸引，亦舒对我就是这样一种存在。

　　最早读她的小说是在香港的《姐妹》双周刊上，每期拿到手，首先读她的小说，每次读完都不会失望，这很不容易做到。她短平快的行文风格造就了很多的金句，那种爽利，那种苍凉，总是令人会心而笑，这背后是极具洞察力的体现。

　　她的故事不会让你产生过于强烈的情绪波动，从头到尾都是淡淡的，冷静自持的，悲哀欢喜都如雪花化入掌心中一样，淡薄的、清凉的、自然的……

　　《不羁的风》。房东马太太就住在楼上，还有什么瞒得过她，已经多次来敲过门，一点表情都没有，只是说："唐小姐，房租已欠了四个月，请付一付。"

语气不见得不客气，可是给人一种毫无转弯余地的感觉。

唐清流知道她将走到绝路。

《不知你还要不要听这种老故事》。阳光往北回归线上移，渐渐薄弱，照不透海水。失去碧绿的折光，大海变了颜色，一时墨绿，一时灰褐，情绪激动。激起的浪花，也比较愤怒。

与夏景是两样了。

《爱情之死》。当一个男人不再爱他的女人，她哭闹是错，静默也是错，活着呼吸是错，死了都是错。

《喜宝》。老妈的日子过得很苦，一早嫁给父亲这种浪荡子，专精吃喝嫖赌，标准破落户，借了钱去跳舞，丽池改金舫的时候母亲与他离婚，我大概才学会走路，我并未曾好好与他见过面，也没有遗憾，我姓姜，母亲也姓姜。父亲姓什么，对我不起影响。

真是很悲惨，但我知道我有更重要的事去忧虑，譬如说：下学期的学费住宿与零用。

......

亦舒写的是都市言情小说，但她讲故事的手法颇具悬疑感。往往一开局就直接丢下巨大悬念，从高潮部分直接切入，接着不断加重悬疑感，以层层揭秘的方式来写一个本可能很平淡的故事。她最著名的作品，《玫瑰的故事》《我的前半生》《喜宝》，莫不如此。

不客气地说，亦舒还是那种典型的重复自己的作家。初读一本，你会觉得大开眼界，竟然还可以这样写。读上十几本，你会发现，她写的似乎始终是同几个人物，在经历不同的人生故事。比如她许多书的男主角都叫家明，女主角要么一身白，要么一身黑，要么就像玫瑰一样五颜六色极致绚烂。读的专业要么是英国文学，要么是原子物理。手上戴的表是百达翡丽或者浪琴。喜欢住的房间格局是整个打通无间隔、能在里面骑自行车的……在这些故事中，所探讨的感情，所体现的价值观，整体上也是统一的，这是她常被诟病的地方。

甚至她善写金句，也造成了一个缺点：就是小说写着写着，会忍不住自己跳出来评论几句，不适应的读者看了很奇怪，这就像一个特爱说旁白的导演。

而我以为这是源于，每个作家都有自己的写作母题。这是他写作的内在驱动力，有时贯穿他写作生命的始终，也有的会随着不同人生阶段发生变化。

亦舒少年离家，早早独立，对于女性的挣扎与困境体会很深。因此在"女性主义"并不盛行的华语文化中，她始终能以自己深刻的体验打动人心。而在职业女性的辛酸、家庭与工作的两难上，几十年过去，尚未见有人比她说得更到位和更扎心的。

有饱读诗书的友人说：有两种优秀的写作者，一种无论如何努力，最后写出来的都是同一个故事核心，从不同角度去反复击打、进攻、深入；另一种可以在不同题材间游刃有余地完成任务，同时妥善地融入自己的审美和道德。后者当然更容易取得世俗上的成功，他们也配得上这样的成功，但天性上，我更喜欢前者：骄傲、任性、酷。

此言深得我心。

自己的房间

这是一个被很多女性作家反复书写的话题——"自己的房间"。

英国女作家弗吉尼亚·伍尔芙发表过著名的《一间自己的房间》:"有自己的房间,就意味着有自由独立的空间,就可以无拘无束地进行创造性的活动。"

加拿大女作家爱丽丝·门罗也写过小说《办公室》,用日常生活的一个切角,为我们展示了男权社会的文化肌理:在冠冕堂皇的表面之下,那些对女性的"傲慢与偏见"。

最近重读的是新版的多丽丝·莱辛的短篇小说集《到十九号房间去》。

整本集子保持高水准,尤其是《恋爱的习惯》《另外那个女人》《天堂里上帝的眼睛》《不愿意上短名单的女人》和《目击证人》等,都十分惊艳。然而在这些美妙无比的短篇小说中,我最喜爱的还是用作书名的那篇——《到十九号房间去》。

多丽丝轻轻推开"十九号房间"的房门,我们看见了一个女子——苏珊·罗林斯。

罗林斯夫妇的婚姻简直是天作之合，两个漂亮聪明匹配的人，一起过着平稳幸福的婚姻生活，住在宽敞的白色别墅里，有美丽的大花园，生了两男两女四个健康活泼的孩子……一切都是合理而和谐的，太令人羡慕了。

可是苏珊·罗林斯需要一间属于她自己的房间。正如伍尔芙写过的那样，她要一个自己的地方，在那里她可以做她自己，而不是在别人的规范和要求之下的，一个理所当然的全职家庭妇女，无懈可击的贤妻良母，一个"理性"的角色，别无其他。于是她做了一件极不"理性"的事：找到一家简陋的小旅馆，租下一间房，就是那间"十九号房间"，每天下午去待上一阵，什么也不做——就是只为了做回她自己。

她那非常理性的丈夫，发现了她的诡异行踪之后，只能从自己的思路推论断定：妻子有了外遇。苏珊知道丈夫永远无法理解她，多说无益，干脆将错就错承认正是有了外遇，甚至编造了一个子虚乌有的情人名字。

但她实在没有精力再去扮演这样一个可笑的角色。次日回到十九号房间，享受最后的四个小时，她和她自己，过得非常愉快、幽暗、甜美，"然后她查看窗子是否关得紧密，在煤气表口放了两先令，转开煤气，躺到床上……静听煤气微小柔和的丝丝声，流入房间，流入她肺部，流入她脑中。她漂入黑暗的河流中"。

……

这么简单的一个女人需要"一间自己的房间"而租下一间旅舍的故事，其中那份对自由的渴求与绝望时的惨烈，真是惊心动魄。

无从知道，世间曾有多少女子切实地渴望那样一间房，却终其一生未能得到；又有多少人是读了《十九号房间》而动心起念去寻找一间"属于自己的房间"的……我隐约可以看见多年前的我自己，也曾是一个怀有那份渴望的人。

然而在《到十九号房间去》里，苏珊随着那条"黑暗的河流"漂浮而去；大声呼吁"女人该有属于自己的房间"的伍尔芙，也终究让一条河淹没、带走……站在岸上的我们是时代的幸运儿。感谢伍尔芙。感谢多丽丝。

多丽丝·莱辛，1919 年出生于当时还叫波斯的伊朗，父母都是英国人。成年后她回到英国开始写作。2007 年，88 岁的她买菜回家，发现大批媒体守候在门口，告知她得了诺贝尔文学奖。她好似听见一则稀松平常的新闻，无动于衷地取钥匙开房门，一点没有"赢家"的狂喜，大概是因为她早已有了"属于自己的房间"。

还是用弗吉尼亚·伍尔芙的话，做个结尾吧！"我只想简简单单地说，成为自己，这比任何事情都更重要。"

人心就像不待风吹而自落的花

小说和随笔是我最喜欢的两种文本。

读小说时，总有按捺不住的批评冲动，情不自禁地代入情节，恨不得一双眼睛同时变成显微镜加 X 光透视仪。换了随笔，则如宽衣沏茶，陷进沙发里，与友人随意聊天，话题不拘短长，谈到兴起，可以争论，也可以莞尔无言。

《徒然草》是写于日本南北朝时期（1336—1392）的一本随笔集。用今天我们的眼光来看，这就是一个叫做吉田兼好的日本和尚的"微博选集"。全书分为 243 段，内容丰富繁杂，逸闻趣事、朝廷制度、乡间传闻、佛法禅理、人生感悟，无不涉猎。我读的这本是 2009 年出版的新译本，"清凉彻悟之书"，腰封如是说。确实，很适合用来消夏。

读这本书，读读放放，不像我读小说一气呵成。不过每次重拾，翻到哪页就随意读下去，都会有美好的感触，择几个印象较深的片段——

某男子月夜造访幽居山林的一位女子，两人畅谈一晚，到天亮男子出来一看，外面已经是初夏了。故事很神奇，有点阮郎入山的韵味。那个神秘女人是谁？没有交代，只留下两人倾心交谈的一个剪影；而那个男子究竟是不是兼好法师本人呢，也是个疑问。这一段就在疑惑遗憾与回味中，结束了。

暮春时节法师经过一处古院，透过角门的门帘，无意中见到一位正在读书的神情清朗闲淡的男子，就想着以后要正式登门拜访。可是到底后来有没有来呢，不知道。

又是一个月夜，法师在田间看到一个衣饰华美风采翩翩的少年吹笛，乐声悠扬别致，就尾随他到了山边的寺庙。杂役说，庙里来了皇家贵人。是这位少年吗？不知道。结尾处，"秋野处杂草怒生，繁露欲坠，虫声幽怨如诉；庭院内水声泠泠，天上的云彩，飘动得似乎比京城还要快，让月也为之阴晴不定"。

……

语焉不详，朦胧美丽。值得追忆的往事，难以洞察的人心。墨子见练丝而哭泣，丝原来可黄也可黑；杨子见歧路而哭泣，路其实可南亦可北，而比丝和路更难预测的，是人心，人心就像不待风吹而自落的花。

兼好法师出生于日本贵族家庭，他前半生在朝做侍官，繁华看尽；后半生出家，行脚四方。于是他最常着墨的题材有两类：一类载录宫廷逸事规矩典仪；另一类抒写四时风物，慨叹生死无常。正是这两类题材表面上的对立，将兼好法师的人生观合盘托出：要时时记得生命不过如露水如云烟，对四时风物、细致人情皆怀抱敬惜之心，却不生占有之念。

兼好法师看待世间万事可以很透彻，也可以轻飘飘一句话掠过，不着痕迹。他时而忧伤时而欢乐，有时很超然，有时又温情，对喝茶、化妆这样的小事，也可以聊得有滋有味。

说实话，将《徒然草》与类似体裁的作品相比较，若说义理与使命感，它与《论语》不可比；若说人物风采与境界，它不及《世说新语》；若说禅家的机锋妙悟，又比不上《碧岩录》或《无门关》之类。然而就在种种不彻底的地方，让人读到别致的情趣幽思，触到一颗缱绻的恋世之心，吉光片羽，熙熙多趣。

这本《徒然草》最初触动我去读的原因，并不是因为它有着"日本文学史上最美的两大随笔之一"（另一为清少纳言《枕草子》）的头衔，而在于吉田兼好写这些时，从没打算过要给谁看。法师自己涂涂写写，信手拈来，旋即弃置……写有写的意趣，丢有丢的自在，仿佛是一场兴之所至的聊天，话音落处，真意已道尽。直到他去世后，人们才把他贴在感神院墙壁上的、写在经卷抄本后面的散章，拾取编集成书，取开卷之语定名为《徒然草》。

没有发表意图，不在意读者，对市场口味更不挂怀，这样的心态，实在是比今人写微博还要单纯得多啊。

钱德勒的味道

得人送一本新版的《漫长的告别》，雷蒙德·钱德勒的小说。

腰封上印着冗长的推荐语，我的目光掠过那些字体大小不一的字句，然后把它拆下来塞进了抽屉，那些吵闹声终于在抽屉里慢慢消失了。

书的勒口有一帧钱德勒的照片，像好莱坞老电影中的人物，说实话，像一个律师或经纪人，但不像一个小说家，更不像一个酗酒者。

雷蒙德·钱德勒，是世界上唯一以侦探小说步入经典文学殿堂、载入经典文学史册的小说家。1939 年，希特勒的炮火点燃了波兰。钱德勒叼着烟斗坐在洛杉矶德布利石油财团副总裁办公室里，一边吹着空调冷风，一边敲击名噪一时的代表作《长眠不醒》。1959 年，留下了 7 部长篇和 20 部中短篇，以及菲利普·马洛这个让人钟爱的硬汉侦探。钱德勒去世了，他的名字成为美国小说史上最伟大的名字之一。

钱德勒还一直被誉为"文学大师崇拜的大师"，他的超级粉丝名单还有一长串，都是我们崇拜的人：芬伦斯·布洛克、艾略特、阿尔贝·加缪、钱钟书、王朔、阿城……

作为一个侦探小说迷，钱德勒可能是我阅读范围里最异色的作家。钱德勒的作品里没有密室，没有不可能犯罪，没有叙述性诡计，没有暴风雪山庄，没有无动机杀人，只有那个菲利普·马洛。马洛绝非那种料事如神的英雄，他经常冒着危险深入虎穴，他有点愤世嫉俗，爱说俏皮话，又有一副软心肠，这样的性格和你我都有某种相似之处。在钱德勒的笔下，坏人不是绝对的坏，好人也不是绝对的好；坏人有赚得你怜惜和值得你理解的地方；在钱德勒的笔下，人就是人。"社会派推理"虽然二战后在日本发展得枝繁叶茂，但我始终觉得，钱德勒早已开了先河。

钱德勒的书就算读过 N 遍，还会有新发现新喜欢。案情不明白或者冒出来可疑人名含糊细节时，就翻回到前面重看，钱德勒写书特别负责，到处都会埋伏线头。村上春树看《漫长的告别》看了有几十遍呢，我这翻来翻去的，这辈子即便打算不看新书了，把看过的书再看一遍，就是很丰盛的人生。

这是一本用第一人称写成的书。钱德勒爱用比喻："我跟着他出来，关上门，关得很轻很轻，活像屋里刚死了人。"还有，"他说话里充满了标点，像一本厚小说"，这些比喻对于一本侦探小说来说，显得太文艺了，它们让节奏变慢，让文字变长，让凶手是谁变得不那么重要，却让人物变得更重要。

很难用读侦探小说的方式来读《漫长的告别》，它更接近《了不起的盖茨比》，是 20 世纪中叶美国社会的斑斓长卷。私人侦探菲利普·马洛被卷进了一个偶尔相识颇为投契的人的案子，他冒着危险把这个朋友送出境，又发现自己差点爱上的女人是谋杀犯，而在国外已经死去的朋友，最后却复活了……

这真是沉痛的告别。马洛不是福尔摩斯，他没有华生这样始终相伴的朋友。书中所有的人都没有成为他的朋友：他不是富翁的朋友，不是美女的朋友，不是警察的朋友，也不是小说家的朋友……在这个"组织犯罪只是万能美元肮脏的一面罢了"的世界里，他是个道德上的理想主义者，他是个卑微的私家侦探，他只认一个潦倒的醉鬼特里·伦诺克斯作朋友，始终相信他没有杀人……但是最终也告别了。

钱德勒有一种特别的味道。

这种味道属于某个城市。这个城市不是纽约，不是旧金山，对，是洛杉矶。洛杉矶就是一个既灿烂又让人产生孤独感和疏离感的城市啊。

一本好书，是一个洗刷的过程。钱德勒越写越干净，和一切说告别。读者呢，越看越干净，它不再是蒙上岁月风尘的旧小说，它新得像我正在经历的这个夜晚一样。

参得透

　　如果你去京都，走哲学之道，将到银阁寺之前，是法然院。那里有座墓，毫无修饰，墓石上只刻了一个字：寂。这就是日本著名作家谷崎润一郎的长眠之地。

　　据说当年李碧华来到这里，看到这个"寂"字，极赞谷崎"参得透"。

　　谷崎润一郎被认为是日本唯美派代表作家。其实他的文字，远不及三岛由纪夫的华美艳异，他的好处也不在文字。小说的好处有种种，有的在骨，有的在肉，有的在色，有的在味——三岛的好处是眼观出来的，谷崎的好处呢，大概得以鼻嗅之。

　　他不是那种用文本端一盘子锦绣语言出来的"作家"。晚年的谷崎甚至有点平安时代文字的遗风，家常平实，直陈生活流。三岛能把最日常的生活事件写得仪式化，谷崎则反之，把最唯美的东西都写成日常。有人说，与其说谷崎是在写景状物，不如说他是在经营一种"日本味道"。

　　看他的《刺青》《春琴抄》《疯癫老人日记》，虐恋、畸恋、不伦之恋，写尽了所有变态的恋情，他被视为变态也很自然，虽然他其实是将日本人的感官审美推到了极限——审丑的境地。至于他私生活之多彩，和他惊世骇俗的小说相比，也不遑多让。以至于到了"清明上河图"一般的《细雪》，这个转身真是令人目眩又拍案叫绝的。

三卷《细雪》，漫漫四十余万字，故事并不复杂。

20 世纪 30 年代末到 40 年代初，关西富豪之家家道中落，只剩下四个美貌女儿。大姐鹤子和二姐幸子分别嫁作人妇，三妹雪子迟迟找不到合适的对象，四妹妙子算得上是一名新女性……5 年里发生了许多事：雪子的一次次相亲失败，关西的洪水，妙子的恋爱，到了结尾处，雪子终于有了合适的婚约。

这简直不是故事，就是一通浩大的流水账，跳舞、赏樱、看萤、洪水、台风……在谷崎精致的构建下，呈现出极致的细节美、风物美、人情美和节奏美。有人将其比作当代的《源氏物语》，谷崎确实在写这本书之前，花几年时间把《源氏物语》译成了日语白话文，想来总有些影响渗透其间。

谷崎始终认为东方之美在于"阴翳"（他著有散文集《阴翳礼赞》），他终身都在追求"阴翳之美"，写作《细雪》是他唯一的一次，让明亮大于阴暗的尝试，却迎来了个人创作史上的高峰。在《细雪》中，美已不再是个人隐秘的心思和极端的追求，而是云层中投下的光束映照出的社会肌理，这肌理就是风俗世态和人情世故，是传统的土壤孕育出的耐看的名花，简言之，是东瀛文化之美。

纵观谷崎润一郎的生平和创作，愈发觉得李碧华的"参得透"赞语之妙。

读《细雪》，不能不注意樱花。书中的人物每年春天都去看樱花。第一次赏樱的描写非常细致，姐妹们都穿了和服，平安神宫的樱树是垂枝红樱，垂柳一般的枝条上缀满绯红的花朵，和常见的淡粉色樱花相比，更有种艳极而衰的意蕴。

到后来每年仍有赏樱这个情节雷打不动出现，写法却一次比一次简略，读者看着心里都在想：雪子怎么还没嫁掉？

又忽然从字里行间读出了战争的折射——到了1941年，"时局关系，赏花酗酒的人少了，却有利于看花。平安神宫垂枝樱花的艳丽，从来没有像今年这样细细欣赏过"。怪不得谷崎的书在那个非常年代被禁过。

我两次去京都，但都在深秋，没看到平安神宫的樱花，只有漫山的红叶。想起谷崎润一郎在《细雪》里说："樱花若不是京都的，看了也和不看一样。"只能默默在心里加一句：我想红叶也是如此吧。

《鱼王》遐想

人与书的关系有时候非常奇妙。比如，在阅读之前，我就认为《二手时间》一定是一本很值得一读的书，这倒不是因为作者斯维特兰娜·阿列克谢耶维奇是 2015 年的诺贝尔文学奖得主，而是因为译者——吕宁思，凤凰卫视资讯台执行总编辑……作为媒体人，我知道一个电视台的总编辑会忙到何种程度，这本近 600 页的巨著如果没有某种不可抵抗的吸引力，怎么能翻译得出来？

果然，这是一本令人辗转难眠的"痛书"。文化负有追问历史的责任，而真相的揭示，往往是痛苦的。阿列克谢耶维奇的书，几乎都可以归入"痛书"一列。卡夫卡说：人们捧着自己的痛苦，往往比捧着自己的幸福更为虔诚。因为只有疼痛才刻骨铭心，人是在疼痛中长出牙齿，也长出了有痛感的灵魂。

还有，最近有人告诉我，维克托·阿斯塔菲耶夫的《鱼王》，已经连续十数周占据热销小说排行榜首位了。哦，想起了当年自己读这本书，其实是因为王小波谈及它时的震撼——

"翻开阿斯塔菲耶夫的《鱼王》，就听到他沉重的叹息。北国的莽原是一个谜。黑色的森林直铺到更空旷的冻土荒原，这是一个谜。河流向北方流去，不知所踪，这是同一个谜。一个人向森林走去，不知道为什么，这也是同一个谜。河边上有一座巨石，水下的沉木千年不腐，这还是同一个迷。空旷、孤寂、白色的冰雪世界令人神往，这就是那个谜。"

提起苏俄文学，首先想到的是托尔斯泰、陀思妥耶夫斯基、契诃夫、高尔基等等。说到这位阿斯塔菲耶夫，知道的人不多。其实他的作品壮丽宏阔，有一种将小说、道德思辨和抒情散文熔于一炉的独特风格。史诗长篇小说《鱼王》是他的代表作，在俄罗斯早被视为当代文学的经典。

这部书 20 多年前就已经引进国内，是我喜爱的苏联文学作品之一，感觉完全能与同时代的《静静的顿河》和《日瓦戈医生》比肩。20 世纪 90 年代初，苏联刚解体时，我在一个旧书店意外发现此书，装帧简朴，远不如今天新版的那般豪华夺目，记得打折后的售价是一毛钱。买回家看了几页后放下了，因为情节并不紧凑，很难吸引人不释手地读下去。然后在某个午后的阳光里，在慵懒的茶香中重新翻开，从此在 20 年里读了很多遍。多年前第一次去俄罗斯的时候，行囊里还不嫌其重地专门塞进了这本书。

听说它成了畅销书，我问自己，关于这本书，我如今能记起些什么呢？最开始浮现出来的，是墨绿色的广袤原始森林，从其间蜿蜒穿过的是静静的冰冷的大河，还有在河岸上不知疲倦奔跑的猎狗，远处起伏的群山。没到过西伯利亚的我，对那片广袤的雪原大地似乎并不陌生，也曾同那里的人一起在支起的锅边，喝着热腾腾的鱼汤，当然还有我们的主角——那条谜一般的大鱼，浓重的苦寒，淡淡的忧伤……这种静态和悠长，对于时空的反哺，悲天悯人的智慧，只有会心的人才看得出好。

《鱼王》由13个内容相对独立的"叙事短篇小说"组成，可当作长篇来看，当成几个中篇来看亦可；可以当做小说来读，把它当作散文读也行。阿斯塔菲耶夫的文字，永远是那么朴实、细腻，充满悲悯，如诗如画，亦梦亦歌，他改变了小说的叙述形式，淡化了情节，散落成章，犹如不经意间穿成的一串珍珠，每一颗都以其自身的美丽折射出耀眼的光芒。

因此，《鱼王》是很难用一个具体的主题来归纳的。作者在答记者问的时候，用了"对人和大自然的爱"这样的表达。也许王小波的"谜"之说更切合它？这样的谜不仅在阿斯塔菲耶夫的《鱼王》中存在。当年高更脱下文明的外衣，走向湿热的塔希提岛，也许正是试图走向某个谜底。

好的书写让人心怀感恩。我有时想，一本好书并不需要别人宣传它如何好，也不需要排行榜来证明自己的价值。它就在那里，你读或者不读，都在于你。

第二眼美女

有些城市的美，是一见钟情的，比如佛罗伦萨，比如巴塞罗那。

有些城市的美，却是一块逐渐融化的冰，是第二眼美女，暗香浮动、低调华丽，它的魅力和风情，需要慢慢去感受。

比如伦敦。

去过伦敦的人很多，知道伦敦的人更多。那些走马观花的旅游大巴，熙攘的旅游人群，会毁掉你对伦敦的第一印象，而成熟、老道、醇厚的伦敦，是值得用脚步来丈量的。人和建筑、街道、河流的关系如此和谐，手到擒来一幅照片，你都嵌在绝妙的风景中。穿着跑步鞋走啊走，在一种永远不知道下一刻会看见什么的状态下，伦敦便成了惊喜和灿烂的化身。那些令人动容的百年老屋、长而幽深的甬道、古典主义的广场……兜来转去，一步一景，哪怕分不清东南西北，在不经意间转回了原处，还是那样的大喜过望。

且慢，我这是在谈论伦敦，还是在谈论《伦敦传》这本书？

好像都是。

英国作家彼得·阿克罗伊德的《伦敦传》，真是一部了不起的大书。译成中文，厚达700多页，所以，用"啃"来形容读这本书的过程和不易，毫无问题。

而写完这本书则更不容易了。依照公元43年开始有了伦敦雏形的推断算来，阿克罗伊德此书的传主，也2 000多岁了，用600多页的书稿去描摹，且要丰满全方位，挂一漏万恐怕难免？啃完这部《伦敦传》，对我这样关于伦敦只略知一二的读者而言，并没有看到印象中的伦敦，但又分明对她看得真切；以为浮光掠影不会留下记忆，可是一些细节、一些场景回想起来，竟在眼前，纤毫毕现。

我知道，那是因为阿克罗伊德尽量避免宏大叙事，努力落笔于鲜活细节的缘故。

《第四章　你等配得起法治》，作者要讲述的是，伦敦拥有行政法律的过程。作者给了我们以事实说话的特别亲民的"说历史"的笔法：

有个年轻人，用刀捅死了老婆；贫寒的居民，只能寄居在大街狭巷上空的太阳房里；一个8岁的女孩，被妓女扔在大街上死了；监狱里，不足16岁的孩子们；凶手、悍妇、偷盗者、乞讨者、激进分子与暴民，到处都是不加掩饰的暴力，人们脾气暴躁，贱视性命……组成这座城市的忏悔史和成长史。11世纪，伦敦最早的行政形式——民众大会，应运而生。

这座城市又启迪过那么多伟大的创作。莎士比亚的剧场，狄更斯的黑色弃儿，威廉·布莱克与华兹华斯的诗篇，乔叟的故事集，威廉·特纳阴翳与明亮的画作，列宁蜷居的印刷厂，柯南·道尔观察过的犯罪与罪犯，途经过伦敦的勃朗特姐妹……他们的故事与那些记录普通人生老病死，奇闻逸事的古怪论文、文献、纪要、判例被放在一起，穿插在全书中，写出了一座城市的荣光。

读《伦敦传》，那个鲜活的伦敦给我印象最深的一点是：这座城市仿佛是"自然生长"出来的。虽然任何城市都是人建造起来的，但这里却较少人为的干预，似乎在神秘的"第一推动力"给了它起始的力量之后，它就开始自行转动起来……也正因如此，这个容纳了种种横冲直撞的矛盾力量的伦敦，其法律和秩序却从未崩溃，也从来不缺少创意和精彩，而且自带光环，有其坚实的底气和见过大世面的从容，简直称得上神奇。

听人抱怨，以为是历史小说，结果不知道是本什么书。是的，这书原本就不是一部按部就班的城市史，却是那种"第二眼美女"。似乎庞杂、不修边幅，但文字典雅、克制、灵动自如。正如英国人既内心自傲，又勇于自嘲，风格独特，风景甚好。

冬天的川端康成

窝在家里读书，是我的习惯。冬天里最习惯的，乃是抽一本川端康成的小说。

读川端康成的小说，总像身处下雪的冬天。一间静寂暗香的屋子里，只听到雪落和炉火的声音，似有似无的唏嘘叹气声，把寒冷拉向了思绪和灵魂最偏僻、最微弱的地方，冬天好像永远也过不完……

他的书也是读过 N 遍，还会有新发现新喜欢的。比如这次抽出来重读的《东京人》。

住在东京的人，是没有故乡的。他们在二战后经济萧条的日本，整日里忙忙碌碌，又害怕战争再次来临，自己又将失去所有。

住在东京的人，他们又都是有故乡的。于是他们总在不停地回忆，不停地哀伤过往的街道、神社、商铺……典型的暧昧不明的性格。

这种细腻的情愫，居然啰嗦了四十多万字，厉害。恐怕也只有川端康成写得出来。

漂亮能干的主人公敬子，东京人，隔着书页都能闻到她淡淡的菖蒲香和脂粉香，战时在铁路边开小卖店养活两个孩子，战后靠着对珠宝的独特审美做买卖支撑家庭。

一个"组合式"家庭。敬子和岛木俊三，两个中年人因战争原家庭破碎而走到一起，在和平安稳年代却心生疏离，最终因为俊三的"假自杀、真出走"，新家庭又无奈破碎了。

敬子逐渐爱上了年轻的昭男医生，但他们的恋情却刺痛了对昭男医生怀有朦胧恋情的女儿弓子（俊三和前妻所生），导致了弓子的离家出走。

敬子的亲生女儿朝子表面上个性独立，其实是个脆弱的女孩，一心想做演员，和丈夫小山闪婚又闪离，却发现有了身孕。敬子的儿子清则是一个"愤青"，又颇有责任感。

最终，昭男离开了东京去异国深造，也带走了敬子的全部爱恋与爱的勇气。清发现继父俊三还活着，敬子和孩子们一边忙碌生存，一边踏上了寻找俊三的路途……

这个梗概写得好累，还有些狗血。川端康成的小说，从来不是为了讲故事的。沉缓的书写，幽微的人性，忧伤的格调，审美和意境慢慢展开……

相比《雪国》《古都》和《伊豆的舞女》，《东京人》虽然长着一张"川端脸"，但又分明不同。我曾琢磨这个"不同"到底在哪里。最近看到有人评价说，"《东京人》是川端最有人间烟火气的小说"。很对，吸引人的正是这种烟火气，这种从琐碎家务事里一点点雕琢出来的人物性格。

川端康成的文字总有一种小心翼翼、百无聊赖的安静之美。这个绝望的人，曾努力去热爱生活，最后还是搞砸了，或者说是在搞砸之前他自己先撤离了。不管是热爱还是绝望，读他的小说，能感觉到，他生活，他写作，他穷其一生，其实都是在努力找到一个出口：生命的出口，爱的出口，以及美的出口。

……

寒冷的冬天，是适合重读川端康成的。我想起了《雪国》的开头，"穿过县界长长的隧道，便是雪国。夜空下一片白茫茫……"如此震撼，又悄然无声，一下子就把人拉入了茫茫雪野。那样的雪，只存在于我的少年记忆中。下雪的冬日，总是坐在窗边看雪花漫天飞舞，厨房里也一定有滚热的铜暖锅和花雕酒。如今的江南，很少再有那样的雪天，而擅长做暖锅和喝花雕的人，也都已经离开。

午夜来临时，我关上了电脑，拉开移门走到了阳台上，强烈的寒意扑面袭来。半个下弦月爬上来，微红的月色熠熠生辉。冬夜的寒天，清晰可辨的是猎户座，稍东一些就是天空最亮的恒星——天狼星。每年冬夜此景都会如约而至，看到冬夜的三星渐渐地靠近中天，预示着春回大地的日子也越来越近了。

短篇如瀑

爱丽丝·门罗，86岁的加拿大老太太，被誉为"当代契诃夫"，而安东尼·契诃夫是举世公认的短篇小说之王。

不止一个人对我提起过，门罗的作品很闷，有点读不下去，来来去去都是那几个主题和内容。更要命的是，她一辈子只在写她的家乡加拿大休伦湖附近方圆百里的范围，看起来无非就是个普通的北美小城市。在门罗的笔下，有几种人物是不断重复出现的，比如说医生和已婚富人，也有些题材是不断出现的，比如说婚外恋和母女之间的纠葛。

她那篇很著名的短篇小说《好女人的爱情》，大致是这样一个故事：少女伊内德和同窗奎因青梅竹马，产生了朦胧的情愫，但长大后，奎因另娶了他人，伊内德则成了教会里看护穷人的"圣女"。多年以后，奎因夫人病重，伊内德在护理她期间，与奎因旧情复燃。奎因夫人在濒死之前，对伊内德吐出了一桩惊天秘密：奎因杀死了与她有私情的验光师，他们夫妻二人又一起伪造了验光师的车祸死亡现场……奎因夫人死后，伊内德心情复杂。她想劝奎因自首，但是一念之间，她情愿相信一切都是奎因夫人编造的谎言，不理也罢，这样，她与奎因之间将有另外的可能性……

当然这是我的写法。而门罗是另一种写法。

开头很惊心，小镇上的验光师，连车带人冲进小河旁的淤泥潭里，死去了，怎么看都是个意外事故，车祸身亡。

带着读者发现这原来是个谋杀案的，是四个小男孩。门罗非常仔细地写了发现谋杀现场的那几个男孩，让你几乎以为这些男孩就是这个小说的主人翁。其实他们不是。小说的主人翁是小镇里的另一个女人。

为什么她不一开始就直接写这个女主角，而要写这四个小男孩呢？这些小男孩发现了如此惊天秘密，为什么回到家什么话都没对大人说呢？

没有判断，没有解释，只有极其中庸的叙事和最细腻的呈现。这个谋杀案一开始就是以一个秘密的形态出现的，作者不解释。但是这情绪就已留在读者的心里酝酿发酵，直到最后真相大白，但人物的内心种种曲折幽微处，仍然难以言传。

有人说，门罗的所有短篇小说，换一个作家，都能够写成长篇。但她偏不这么做，她最擅长的，就是怎样把短篇写得像个长篇一样，就是替读者关上一扇门，打开多扇窗……这真是一种天赋。

我曾看过报道：门罗一度在加拿大约克大学教授过一门课叫"创造性写作"。虽然这份工作使一直缺钱的她有了固定的收入，但她还是不喜欢这份工作，最终辞职了事。曾经有个女学生拿了一篇作品来，询问写到这个水平是否能进入她教的班级。她回答："不要，不要靠近我的班，你无法从那里获得任何东西，只需把你的作品带给我看就行了。"

老太太真是直率可爱！写作是难以传授的，尤其是那种写高难度心理故事的技巧更难以传授，而门罗的功力和特色，恰恰在于此。她的每一个短篇小说，都像一座水库一样，蓄水充足，落差很大，储藏了很多东西和多种可能性，但她从来不去过度展开很多的可能性，反而非常浓缩节制，让小说读起来更有味道，更有余韵。你会被里面某个片段勾到了心里的什么东西，不断地去回想那个场景，想象里面种种将发未发的可能，回味无穷。

如果把长篇小说比作大海，波澜壮阔的大海，中篇小说就是长河，曲折蜿蜒的长河。那么短篇小说呢？它应该是个瀑布。为什么世上的瀑布都那么吸引人，让你流连忘返？它飞流直下，水花四溅，扑面而来。它只提供水的一个断面，全貌凭你去想。阳光照射下，瀑布的水雾上会出现彩虹，绚丽斑斓，无限神往。每个瀑布底下，还有一个深潭，有的叫黑龙潭，有的叫白龙潭，水很清，但是深不见底……

爱丽丝·门罗的短篇小说，就是这样的瀑布。

对美的幢憬，仍然是人生的最高价值

如今会有几人去读剧本和看舞台剧呢？不知道。反正在我身上，这种情况是极少的。

不久前去看望大学时代的老师，令我惊讶的是，老师居然还记得我的毕业论文题目和内容；而彼时的我，居然是在研究契诃夫的戏剧！简直恍若隔世。

不错，我正是在大学时代喜欢上契诃夫的，先是喜欢他的小说，短小精悍，意蕴隽永。后来慢慢发现，契诃夫的戏剧，竟然如此撼动人心。《三姊妹》《万尼亚舅舅》《海鸥》《樱桃园》……读了不知多少遍，剧中人物的每一句台词，似乎都浸透着各自的灵魂与个性。至今我仍然以为，相对于短篇小说的成就，作为剧作家的契诃夫，更令人高山仰止。

只是，他的剧本搬到舞台上后，今天的观众恐怕难以领略其魅力。大学时代看过上海话剧院排演的《万尼亚舅舅》，印象极深。前几年，台湾导演赖声川到上海铺排连台戏，白天演出表现契诃夫爱情故事的《让我牵着你的手》，晚上就是契诃夫的

《樱桃园》。闻听消息，我便在网上买了票，但赖声川却按照今天观众的审美趣味，将《樱桃园》做了相当大的改编，遗憾之余，不得不承认，现在我们大概真的无法接受契诃夫了。

还有一个因风格类似而被我喜欢上的美国剧作家，尤金·奥尼尔。先是读了《奥尼尔戏剧精选集》，里面有《天边外》《毛猿》《悲悼》三部剧作。看过之后，我最感觉震撼是《悲悼》，最惊叹的要数《毛猿》，而真正能触碰到内心的，毫无疑问是《天边外》。

随后，我便陆续把图书馆里的《奥尼尔全集》看了，佳作很多，可是没有一个能超过《天边外》在我心里的位置。有种作品不见得是最完美的，可你就是忘不掉。

我还记得，当年读完《天边外》后，剧中人的面目，安德鲁的面目，露丝的面目，多少都是模糊的，尽管奥尼尔给了每个人很详细的外貌描写。唯独对罗伯特，我的想象始终是清晰的，他的脸，就是一张在生活里无数次出现过的脸，是全部真诚的、忧郁的、欣喜的、善良的、诗意的、无法适应社会的梦想家的脸，可能也正是奥尼尔自己的脸。

罗伯特的哥哥安德鲁爱着露丝，露丝却爱上了罗伯特。因为这份爱情，罗伯特放弃了一直以来追求的外出闯荡的生活，选择留在家里经营农庄，但是心地善良、追求完美却不擅经营的他最终弄得一败涂地，穷困潦倒，露丝也离开了他，事业和爱情全部失败……全剧的最后一幕，身患绝症的罗伯特走出家门，摇摇晃晃地爬上小时候经常坐着眺望"天边外"的那座山，迎着日出死去了。

也许每个人在一定程度上都是罗伯特。但是很多人都能够把梦想藏在心底，然后踏踏实实地生活，更有强者能在精神和物质世界都过得很好。偏偏罗伯特不能。他始终守着他那接近于幻想的"天边外"的想象，没有因现实境遇而改变一丝一毫。

契诃夫笔下的人物，又何尝不是如此？契诃夫总是把身段放得很低，他懂得生而渺小的道理，也懂得自己内心深处崇高部分的真切。他的戏剧带着温情的笑，像饱经沧桑的老人谈及相熟的朋友或者记忆中的人，一边燃着篝火，喝着酒，说起可爱的事情，笑出眼泪，说起可悲的事情也笑出眼泪。万尼亚舅舅、奥尔加、玛莎和伊琳娜……在阴霾的生活里虚掷着善和美，但是，"天边已经发亮了，那些光明的日子，不会远了"。

这是职业为医生的契诃夫，亲手为那些时代夹缝里的失意者煲制的一道"鸡汤"，给予他心爱的人物以梦想的远光。大概契诃夫的戏剧读多了，读熟了，后来我甚至觉得曹禺的戏剧和巴金的小说，似乎都隐隐闪烁着《三姊妹》和《樱桃园》的身影。

……

用周国平先生的话做个结尾："我喜欢奥尼尔的剧本《天边外》。它使你感觉到，一方面，幻想毫无价值，美毫无价值，一个幻想家总是实际生活的失败者，一个美的追求者总是处处碰壁的倒霉鬼；另一方面，对天边外的秘密的幻想、对美的憧憬，仍然是人生的最高价值，那种在实际生活中即使一败涂地还始终如一地保持幻想和憧憬的人，才是真正的幸运儿。"

废墟上冷月高照

雷蒙德·卡佛，美国 20 世纪下半叶最重要的小说家之一，也是继海明威之后美国最具影响力的作家。

我读卡佛的第一印象：但凡是"美国梦"的鼓吹者，定然不会喜欢他。

他的小说没有一点欢快气息，相反集中展现了生活的阴暗面，乃至被有些人判定"写的不是真正的美国人"。

我读过他的名篇《大教堂》，一个极为辛酸温情的故事。

妻子有一个盲人朋友罗伯特。多年来，她把自己经历的事情都录在磁带里，比如她曾经跟一个军官有过一段不伦之恋，比如她曾想自杀却没成功，她把这些磁带寄给罗伯特，他们就这样长期互寄磁带。

罗伯特前来拜访并在家中留宿，"我"从一开始就反感他。但为了消磨时间，也为了消磨尴尬，"我"只好随着电视的镜头为罗伯特讲解。电视中播放着各国的大教堂，此时罗伯特提了个建议，不如我们来画吧。于是，罗伯特的手指放在"我"的手背上，跟随着"我"的动作，在纸上一起勾勒着大教堂的形状。渐渐地，"我觉得自己无拘无束了，什么东西也包裹不住我了……"

还有他的另一名篇《好事一小件》。

一对夫妻专门定制了蛋糕给孩子过生日，但生日那天，儿子被车撞了，司机逃逸。

更悲伤的是，孩子因伤势太重死了。这对夫妻在悲痛中忘记了生日蛋糕这件小事，但面包师却没忘，一直打电话问他们到底还要不要蛋糕了，夫妻俩只好赶去面包店。面包师端出刚烤好的生日蛋糕请他们吃。在丧子的痛苦中，这对夫妻吃着儿子的生日蛋糕……这是人生中剩余的一点温暖灰烬，人总要做点什么，来抵御无限的悲哀。

卡佛的故事里全是苦涩，这也和他的经历有关。成名后，他回忆自己的前半生：孩子在哭，老婆在吵，因为贫困，他担心"写作时屁股下的椅子随时会被抽走"。

1981年他写了一本短篇小说集《当我们谈论爱情时我们在谈论什么》，和他的一贯风格相承，有病痛，有死亡，也有悔恨。沉郁顿挫，看得人眼睛泛红，触目皆是失败人生的废墟。废墟上冷月高照，什么时候升起明日的太阳，无从得知。但这部作品却引起了巨大的反响，他因此被誉为"美国的契诃夫"。

看过卡佛的小说，我就明白村上春树为什么崇拜他了。因为村上的大部分小说，也是在做同样的事情：承认一切现实的命运，仔细凝视它，并且流露出痛苦而悲悯的目光，致力于化解人内心的孤独与恐惧。

只不过相比卡佛，村上春树显得啰嗦，他总把短篇小说的灵感，做成大蛋糕，拖成漫长的长篇，而卡佛和他恰恰相反。

卡佛是极简主义小说美学的代表作家。他运用了一系列令人耳目一新的写作手法：小说中常见的修饰性词汇、体现作者观点的阐述性文字不见了，评论家称之为"那些不可靠叙事者、非确定性叙事都被他有意空缺或者省略掉了，这是简约派文学的经典"。

卡佛却觉得自己并不高深，"用普通但准确的语言，去写普通的事物，并赋予这些普通的事物以广阔而惊人的力量，这是可以做到的。写一组表面上看起来无伤大雅的对话，并随之传递给读者冷彻骨髓的寒意，这是可以做到的"。他这样说并且身体力行。

村上春树曾专门去拜访过自己的"文学偶像"卡佛。卡佛承诺以后会去日本，回访村上春树，这令村上受宠若惊。村上见自己的偶像体型庞大，回国就订购了一张超大的床，预备着接偶像大驾。可惜他没等到卡佛光临，几年后，沉迷于烟酒的卡佛，死于肺癌。

复述梦境的人

"夏天那种老态的放纵，那种情欲盎然、姗姗来迟的生命力的喷发，令人感到何其不解啊。有时还会出现这样的情况：八月已经过去，而夏天那老迈、厚重的躯干仍然在惯性的驱使下繁殖着万物，从已经腐朽的木材中继续长出像蟹一般的杂草的日子，看上去既荒凉又乏味，好像是后来有意添加上去的。那些畸形、空虚、无用的日子，炽热的日子，永远那么令人吃惊，没有存在的必要。这些日子不断地抽芽发育，既不规律又不均衡，没有形状，像是后接上去的恶魔手指……"

哑然失笑，太形象了，不久前的"秋老虎"可不就是这样吗？

这是波兰作家布鲁诺·舒尔茨 (1912—1942) 的小说集《鳄鱼街》。

几年前买的，随手翻过很多次，有时读一两篇，一直没读完。舒尔茨以近乎病态的执拗和激情写下他的故事，极简主义作家竭尽全力摒弃的形容修饰和隐喻运用，偏偏在他这里被发展到了极致，却也能带来别致的阅读体验。

《鳄鱼街》《八月》《论裁缝的布娃娃》《肉桂色铺子》《盛季之夜》……看这本书，像打开一个魔法盒，看见了一个人的梦，当然，这是舒尔茨的梦。

五彩斑斓的梦。关于童年的梦。梦里的空间是瑰丽的，一切实物的形态都那么天马行空的夸张奇异，吸引着人一步步走近……舒尔茨好像有画笔一样，他也确实是个美术老师和画家；舒尔茨又像突然冲破了禁锢的灵魂，生活里他也确实是一个有点自闭的人……

舒尔茨的文字始终如细声呓语，又如丝帛般缠绕着人，有瞬间的专注紧绷，突然又陷入一片虚无，沿途景色都穿过了身体，又愉快地遁入虚无。他感情细腻，带一点艺术家神经质的脆弱；他的世界观与众不同，在他的作品里，华丽饱满的意象繁复而堆积，像一位表达力、想象力与感受力的"亿万富翁"在一掷千金，任性挥洒，无比炫丽。

如此，大多数初读舒尔茨的人会觉得喘不过气来，但他的独特性很值得去认识。

舒尔茨生前默默无闻，死后却以其不可思议的文字魅力征服了世界大批一流作家，被视为可以与普鲁斯特和卡夫卡相提并论的文学大师。

而我之所以重拾《鳄鱼街》并一口气读完，在于偶然读到一篇文字，详细描述舒尔茨作为一个波兰犹太裔人，是怎样在惨绝人寰的大屠杀中丧命的。

2008 年，有记者在养老院采访了一个叫弗莱谢尔的 83 岁老人，他曾是舒尔茨的学生。

"1942 年的一天，我们叫它'黑色星期四'，盖世太保在隔离区搞大屠杀。我们正好在隔离区买食物……听到枪响，看到犹太人在逃命，我们也跟着跑起来，舒尔茨身体虚弱，被抓到了，抓住他的盖世太保，拿出手枪朝他的头部连开了两枪。"

这些是事后弗莱谢尔听一位目睹舒尔茨丧命的老师说的。

然后是他的亲身经历：

"我们住的德罗霍贝奇是个小地方，捕杀继续了一段时间，德国人离开之后，我一路走过那些倒在地上的人，到处是尸体，在街上看到死人已经司空见惯了，要是遇上一只死猫或死狗，印象会更深刻。

"在人行道边，我看到了有一块面包，从一具尸体的大衣口袋里探出来。我想拿走这块面包，因为我已经好几天没东西可吃了。我把那个死去的男人翻转身过来，他转过来正好面对着我，我看到了他的脸，我认出那是我的老师，那是布鲁诺·舒尔茨的脸。"

……

啊，手机在线能读得我这么激动，真是空前的。

我们失去舒尔茨这个"梦境复述者"将近 80 年了，但我读《鳄鱼街》时，这个"黑色星期四"的噩梦还一直在我脑际萦回，挥之不去。

故事的收梢

看到一份资料说，有美国读者读《三国演义》，读到关羽败走麦城时惊骇失色，怎么都不敢相信，之前所向披靡百战不殆的关云长就仓促地终结在这个时刻，英雄故事竟会如此无奈平淡、毫无气势地收尾？——对这样的"少见多怪"，只好表示同情了。

我猜测，这个读者大概是《冰与火之歌》的粉丝。在那样的小说里，每个角色均以严格的轨迹运行，固然有成功，有痛苦，甚至死亡，却一律带有奇幻的史诗色彩。

但如果把历史当成一个"故事"，放远了看，其实是没有什么皆大欢喜的结局的，出人意料的死亡，可算是一种常态。甚至，了不起的大英雄阴沟里翻船，败于细微的意外；手掌乾坤一生霸气的英雄豪杰，最后死于宵小的背后冷箭……英雄末路，很多只能"螺丝壳里做道场"，连闪展腾挪的余地也没有。

别说历史是个"故事"了，即便是最擅长"讲故事的人"，也不例外。

1995年中秋前夕，张爱玲被发现死在她的公寓里。干瘦的她躺在红色的地毯上。第一个发现尸体的是公寓的看守人，他发现这位独居者多日未出门，就去敲门，没人应。警察闻讯赶来，验尸报告说，已死三天。张爱玲死后，人们第一次走进了她的居所，家徒四壁，女主人过着极简的生活。很多人都叹她晚景凄凉，其实这未尝不是她自己的选择？而且她似乎在很多时候都早已预知了自己结局。张爱玲的晚年，始终只嫌身外之物丢得还不够，她一直在不停地搬家，躲开人群，躲开骚扰。她是给灵魂和生活做减法的人，希望偷偷地挖个去另外一个世界的洞，套用一句她的话，"我比较喜欢那样的故事收梢"。

最近一段时间，我看了一些纪念老舍先生的文字。光阴荏苒，老舍自沉太平湖已经50多年了。研究者说，"老舍之死"已经成了历史的"罗生门"。一个才华横溢又正直的老舍，一个有点曹雪芹流风遗韵的老舍，自幼生活在老北京的底层，他能写出《骆驼祥子》《四世同堂》《茶馆》这样的故事，但他不会想到自己故事的收梢。"文化大革命"中他遭受了不堪忍受的凌辱，是什么成为压倒他的最后一根稻草，并最终导致了他的凄然离世？各种分析论述，这说或那说，似乎都有道理，又没有一个说法完全令人信服，后来慢慢觉得，这是一个非常复杂的事件，堪比历史上的"王国维之死"。

我爱读《骆驼祥子》《四世同堂》《茶馆》，京腔京韵，乱世中小人物的命运，都是我喜欢的故事。记得多年前去北京，还专门找到离护国寺不远的"小杨家胡同"，灰扑扑的旧胡同里八号的门牌格外醒目，这是老舍的出生地，在老舍的作品里，它其实有一个更亲切更好记的名字——小羊圈胡同。

50多年间也出现了很多描写"老舍之死"的作品，小说、散文、戏剧、音乐……应有尽有。我最喜欢的，是汪曾祺的小说《八月骄阳》。

……

张百顺把螺蛳送回家。回来，那个人还在长椅上坐着，望着湖水。

柳树上知了叫得非常欢势。天越热它们叫得越欢。赛着叫。整个太平湖全归了它们了。

张百顺回家吃了中午饭。回来，那个人还在椅子上坐着，望着湖水。

粉蝶儿、黄蝴蝶乱飞。忽上，忽下。忽起，忽落。黄蝴蝶，白蝴蝶。白蝴蝶，黄蝴蝶……

天黑了。张百顺要回家了。那人还在椅子上坐着，望着湖水。

蛐蛐、油葫芦叫成一片。还有金铃子。野茉莉散发着一阵一阵的清香。一条大鱼跃出了水面，欻的一声，又没到水里。星星出来了。

……

1966 年 8 月 24 日，老舍就这样在太平湖边坐了整整一天。他想了些什么？

50 多年过去了。太平湖已经没有了。修环城地铁时被填平，原址上建成现在的北京地铁检修车辆段。进入新世纪，一个新的"太平湖景区"又在北京出现，但并不是在当年老舍自尽的那个太平湖原址上，所以当年那个太平湖还是没有了。——唉，没有就没有吧，故事总有收梢。我想起了《茶馆》里常四爷的一句台词，如今想来，倒像是老舍的喃喃自语：我爱咱们的国呀，可谁爱我呢？

脑洞，是上天送给我们的最好礼物

　　《三体》得了雨果奖以后，名声大噪，但我一直没读，倒不是我对科幻抱有成见，而是对中国的科幻小说一直以来不看好，通常都是打着科幻的旗号，实则完全风马牛不相及，写的人没头脑，看的人不高兴。

　　大约两年前，我参加一个行业会议，有发言者说，互联网改变世界，还只是开始，竞争是残酷的，而且全新的竞争逻辑和因果，已经不同于熟知的"螳螂捕蝉，黄雀在后"的常识性危机，而变成了"羊毛可以出在猪身上，而狗死了"的怪圈效应……一位电台同行说，我们一些针对出租车司机的节目收听率忽然下降，不是有更好的节目出现了，而是因为司机都在用滴滴接单，就不听广播了。看似八竿子打不着的事物，不经意间就挤兑到了你，这很像刘慈欣《三体》里的一句无情的话：我消灭你，和你无关。

　　很快，这句话就在朋友圈里发酵起来，生活中类似的例子不胜枚举。康师傅的销量这些年一路下滑，并不是因为日清或者今麦郎后来居上，而是因为大家饿了就找美团外卖，不仅方便而且便宜。街头扒窃案也迅速减少，不是因为警察叔叔的身手不凡，而是如今已是微信和支付宝的天下，人们身上压根就不带现金了。

我读《三体》的契机，即来源于此。

确实，以我习惯的阅读口味，这绝对不是一盘可口的菜肴：末日之战，文明之战，未来之战，宇宙的田园时代已经远去，昙花一现的终极之美变成任何智慧体都无法做出的梦，变成游吟诗人缥缈的残歌。宇宙的物竞天择已到了最惨烈的时刻，在亿万光年暗无天日的战场上，深渊最底层的毁灭力量被唤醒，太空变成了死神广阔的披风……科幻迷也许对这样的叙事习以为常，而我愣是把这段文字读了好几遍：每个字都认识，但它究竟想说什么？

我一直坚信，好的小说首先要有一个好的故事内核，但故事并不是全部。刘慈欣终究还是摸出了科幻的"混音"门道，他把相对丰富的东西糅进了故事里，让文本变得渊博，让阅读变得更富有层次。即便不是科幻迷，你也会被故事本身的宏大纵深所吸引，跟着它跨越多重纪元，最终回到宇宙的田园时代。

看得出刘慈欣是一个有着历史、文学、物理与哲学思考的作者，也一点儿不缺少天马行空的想象力，但在科幻写作的技巧方面，却多少受困于中国科幻的贫瘠土壤结构、节奏、语言、人物。对，最关键的是对人物和人性的描写，简直就是幼稚。但即便如此，《三体》依然耀眼，因为它是一株使中国科幻小说真正成其为"科幻小说"的奇花异果。这意义，有点像刘翔之于田径，李娜之于网球，又好比卡勒德·胡赛尼之于阿富汗，奥尔罕·帕慕克之于土耳其，土地上只有结出了果实，才能让世界瞩目。

一个喜欢且熟悉科幻小说的朋友对我说，"《三体》最令人感兴趣的，是里面就像列大纲一样，呈现出许多精彩的'脑洞'，其实每一个'脑洞'拿出来，都可以独立成为一部小说题材。除了最后的小宇宙有点注水以外，不管是《三体》，还是后面的《三体2：黑暗森林》和《三体3：死神永生》，都是满满干货，地球的历史，就这样被三部书，洋洋洒洒总结了出来"。

针对我的"兴趣偏离"，他又说，"刘慈欣科幻小说的特色就是这样的：故事推进靠旁白，人物动机靠自我，而英雄的共同点是小人物，爱尬聊。究其根本，刘慈欣的作品在文学上就是不美的，但刘慈欣创造了自己的美学"。

我这个人，也许太现实了。读这类小说，一般读不出快感，反倒读出恐惧感来。但这类书让我联想，人类的想象力到底能走多远，能跳多高，很激动。再想想，我们对文学的喜爱，大概也是因为它能让我们自身进入到一个更广阔的、意义更加丰盈的世界。所以，珍惜作者给我们凿出的各种脑洞，也珍惜自己在阅读时产生的各种脑洞吧。脑洞，或许是上天送给我们的最好礼物。

所有的困惑都终将有答案

《人生拼图版》。读这本书，对我算是一个考验。

我读书向来很快，尤其是小说，宁愿囫囵吞枣读完一遍，有值得回味处，第二遍、第三遍再来反复细读，但《人生拼图版》，我竟用了 20 天才读完一遍。

读完想想，是什么耽搁了我的阅读进度？

大概是人名？这小说写的是巴黎一座公寓里的故事，公寓里的住户、他们的家庭和其他有所牵扯的人物，一百多个类似"德塔蒙夫人"和"阿尔踏蒙夫人"、"马西先生"和"马盖先生"的人名就搞得人脑子瞬间一盆浆糊……

公寓里有 99 个房间，它们的外观和内部结构，每个房间里的布置，大到墙壁家具，小到饰物书籍，都有工笔画一般的精细描绘，甚至墙壁上一块斑驳的色彩，都被给了特写镜头，让人感觉如纪录片一般的还原和写真……

这本书是一个读书公众号推荐的，广告语是"一本可以解答所有困惑的书"。但我觉得信了这句话去读这本书的绝大部分人，直到合上最后一页，也不清楚它到底解答了什么困惑？读完后，和书友聊起这些，他说，"解答所有困惑的书，世界上应该并不存在。但是现实中，所有的困惑都终将有答案吧"。

释然。是啊，读完后，至少对此书的困惑有一些解答吧。

照例先写个梗概：《人生拼图版》的场景，设置在巴黎十七区西蒙克鲁贝丽埃街 11 号的一幢十层公寓楼里，有 1468 个人物先后在这里生活。在小说中，这幢公寓楼就像被作者纵向剖开，然后故事以国际象棋中"马"的"L"形行进方式在这些房间中跳转前进，每一章对应一格，有条不紊，绝不重复，如此写完一部巴黎公寓的人物生活志。

……

挑战这种技术流真的需要耗费一些脑力和时间，这是在读小说，还是在做数学题，或是在拍电影？——不管它，读下去吧。当你从如坠迷雾不辨东西，到逐渐理解这种结构，那些错综复杂奇妙交织的故事才会浮出水面，或感人至深，或玄妙有趣，或意味悠长，当然是虚构的，又真实得如此可怕。

乔治·佩雷克出生于 1936 年，后来成为法国新小说流派的中坚分子，新小说派注重写物，迷恋"迷宫式"结构和"绘画法"的技巧，强调把外部世界"复制"出来，不加主观的评价和分析。佩雷克的写作正是这种流派的典型做法。《人生拼图版》显示了他庞大的创作野心，绘画、宗教、考古、商业、历史、刑侦、传奇，现实生活中的五行八作在作者笔下如实呈现，足见其博学多才和深入研究，房客们尽管都被处理成客观的对象，但这栋大楼却成为一幅斑斓的法兰西社会画卷。——在这个诞生过巴尔扎克的国度，《人生拼图版》甚至被誉为"当代人间喜剧"，获奖无数。

最赞叹的是，这是一场跨度十年的高难度的写作活动，不仅需要周密的结构安排和海量的知识储备，更需要强大的体力和持久的耐力支撑。1982 年，正值盛年的佩雷克患癌症去世。在《人生拼图版》中，他没有告诉读者什么是好的生活，什么是好的文学，他的任务仅仅是表现这种现实，然后静静等待有人超越时空，来探究他未完成的迷局。这种气质太令人着迷。

最后它解答的困惑是，遇到晦涩难解的书，怎么办？如何才能看懂？我想，看懂这类小说的唯一方法就是：看下去。最后，所有的困惑都终将有答案。文学和艺术的欣赏能力是需要学习和训练的，如果仅凭一个"看不懂"就转身离开，那么，你会和这个世界上很多的美妙和精彩，失之交臂。

他好像是一位神

列夫·托尔斯泰，一直都是，也将永远是我百读不厌的作家。

除了他的作品，还读过关于他的诸多回忆录：同时代作家契诃夫的、蒲宁的、屠格涅夫的回忆录；罗曼·罗兰的《托尔斯泰传》；还有托尔斯泰妻子索菲亚的回忆录、儿子伊利亚的回忆录、长女的回忆录；以及他妻妹的回忆录、他子女的保姆的回忆录……

这些关于托尔斯泰的文字中，我觉得最好的是高尔基的《文学写照》。

《文学写照》之所以好，高尔基看待托尔斯泰的"立场"在其中起了关键的作用。他不是托尔斯泰的信徒，或是一个单纯的崇拜者，也不是简单的反对者，他看托尔斯泰的眼光很复杂，尊敬、疑惑、怜惜、不解，兼而有之，因此他笔下的托尔斯泰，才显得那么混合、多元、矛盾、丰满，格外全面而生动。

而且说到底，高尔基也并没有对托尔斯泰下什么论断，他只是白描，一味的白描，人物和场景都是明暗如画，由你自己去判断。

高尔基写到，托尔斯泰"最喜欢讲的话题是上帝、农人、庄稼、女人……""他很少谈文学，讲起来话也不多，好像文学跟他不相干似的"。

"他的两只手生得很古怪：它们难看，上面高高低低地布满了胀大的血管，然而它们又有特殊的表现力。达·芬奇可能也有这样的手。有时候他一面说着话，一面渐渐地把手指捏拢成一个拳头，又突然放开。"

"他说：少数人需要一个上帝，因为他们除了上帝以外什么东西都有了，多数人也需要一个上帝，因为他们什么东西都没有。"

"我的意见跟他的不同，我倒想说，多数人因为他们胆小而信仰上帝，只有少数人信仰上帝是因为他们的灵魂充实……"

蒲宁在回忆录里说，契诃夫曾经对他说，"我只害怕托尔斯泰。您想想吧，是他写出了这样的文字，说安娜感觉到，她看到自己的眼睛在黑暗中放光"。

高尔基却敏锐地看出"托尔斯泰对女人怀着一种敌意，除非她是吉蒂；他甚至对安娜·卡列尼娜都怀有敌意"。高尔基小心翼翼地揣测说，"这是一个没有得到全部幸福的男人，对能激起男人欲望的女人的反抗吧"。

最了解男人的，始终还是男人。

再对比一下苏霍津娜·托尔斯塔娅的回忆录，她是托尔斯泰的长女。她的笔法就模糊而温柔得多。托尔斯泰崇尚田园生活，他在乡下住了 18 年，几乎没进过城。他女儿的回忆录也像田园牧歌：初夏微凉的早晨，和父亲去打猎，到阿訇家跳舞，吃羊肉，阿訇的儿子采了满捧的白莲花给她……

优美且有人情味，但没有高尔基笔下的那份独到和隽永。

越读下去，就越觉得托尔斯泰就是《安娜·卡列妮娜》里列文的原形，也像是看到了列文和吉蒂后来的生活一样，我一边看一边莞尔："是这样啊，原来就是这样啊！"这简直太像了。列文自奉甚简，近乎于苦行式的自修。托尔斯泰也是，他甚至不许家里人用奶妈和保姆，或使用一把红木椅子。要知道，他可是托尔斯泰伯爵！列文爱吉蒂爱到觉得自己不配娶她，托尔斯泰本人亦在日记里写，他觉得自己携着龌龊的过往，不配娶自己的妻子——这个 18 岁的纯洁少女。列文过了十个月的婚姻生活后，觉得灵魂几乎枯竭了，托尔斯泰本人亦对朋友说过"幸福的婚姻会毁掉一个人的修为"。

最有趣的是，混合视角如此精彩的高尔基，坐在托尔斯泰身边，也会时时出神："他好像是一位神，却又不是奥林普斯山上的神，他是坐在金色菩提树下的枫树宝座上的俄国神，他并不十分威严，可是他也许比所有其他的神都更聪明。"

我们生来就是孤独

　　话说某天，加西亚·马尔克斯，对，就是写《百年孤独》的那一位，在报纸上看到了一则新闻：一对老情人，来到了40年前的故地，重温当年的蜜月旅行，被他们雇的船夫用船桨打死了，身上的钱被抢走，这对80多岁的情侣，已经老到无力反抗。

　　新闻又深度发掘下去，令人惊奇的是，这对白发苍苍颤颤巍巍的老情人，40年来一直秘密交往，但各自都有幸福的家庭且儿孙满堂。——马尔克斯的心，忽然咯噔了一下。

　　《霍乱时期的爱情》就是在这样的触动下写出来的。

　　马尔克斯将这条新闻和自己父母年轻时的爱情糅在一起，形成了故事的框架，里面大量的细节则来源于他本人的爱情经验和对拉美文化的认识。

　　年轻人阿里萨爱上了少女达莎，虽然门第不相称（达莎属于富裕的上层人家，阿里萨却只是个船工），但两人情书往来，感情愈浓。达莎的父亲当然不能让阿里萨来做女婿，他使出的办法很聪明：带着女儿出门旅行，隔断两人的同时，让女儿见世面。旅途中，两个恋人还是书信不断，但达莎的眼光却发生了变化。

终于到了再见的一天："上帝呀，这个可怜的人"，达莎吓了一大跳，奇怪自己怎么会看上这么一个寒碜的人？父亲的招数奏效了，她离开了阿里萨，嫁给了海归医生乌尔比诺。

然后，在长达半个多世纪的时间里，阿里萨奋斗不息，终于成为航运公司的董事长。

达莎也度过了半个多世纪的平静幸福生活，直到丈夫去世，她成了寡妇。

年迈的阿里萨并没有忘记初恋，他向达莎表白："这个机会我已经等了半个多世纪，就是为了能再一次向您重申我对您永恒的忠诚和不渝的爱情。"——在半个多世纪的时间里，阿里萨除了事业的奋斗逆袭，还和无数女人有过"较长的关系"或者"短暂的艳遇"，记满了他25个本子的就有622个人，还有很多根本没顾得上记下来。

小说的结尾是这样的：挂着霍乱旗帜的轮船在河面上无目的地游荡，船长抱怨说："我们这样来来去去要开到什么时候？"阿里萨说出了他在53年7个月零11天前就准备好了的答案："永生永世"。

……

除了一些数字略显"魔幻"之外，整部小说可以说是很严肃的现实主义作品，读下来很令我惊诧，就像这个书名，似乎更像是一本流行的畅销书。

评论家说《霍乱时期的爱情》是马尔克斯唯一的一部"魔幻色彩降到零"的小说。我想只有胸怀巨大自信的作家才敢尝试这样的叙事，他毫不犹豫地抛弃了使他扬名于世的魔幻手法，改用从容淡定的文字，书写关于"爱情"的故事。他写得很现实，很接地气。50多年的时间跨度，几乎展示了爱情的所有可能性：幸福的爱情，贫穷的爱情，高尚的爱情，庸俗的爱情，放荡的爱情，柏拉图式的爱情……甚至"连霍乱本身也是一种爱情病"。

合上《霍乱时期的爱情》这本书时，却仿佛看到马尔克斯在书页后偷笑。

看两个老人迟暮的爱情，顾虑重重，处心积虑，小心而脆弱，不断地向前又退缩。讽刺的是，居然是霍乱为这份不为世俗所容的爱情提供了避难所。20岁时他们不能结婚，到了80岁还是没能结婚，阿里萨要的，究竟是婚姻还是爱情？达莎接受医生和阿里萨的，究竟是婚姻还是爱情？他们是在一条线上讨论同一个问题吗？

这是又一场"百年孤独"。

所以也难怪，当陷入老年孤独的两人终于奔向对方的怀抱时，他们都"很难分清自己是出于同情还是爱情"。

因此，这本以爱情冠名的书，分明是马尔克斯开的一个玩笑。他要说的其实是：不管你经历过什么，也不管你拥有什么，我们生来就是孤独。

148

喜欢简·奥斯汀的理由

多年前去伦敦时，看到当地旅行社推出"简·奥斯汀特别游"——很好奇一生都在乡下度过的女作家，偶尔来伦敦能有什么故事呢？于是报名参加。

导游是位 60 多岁的女士，她穿戴着奥斯汀式的裙子和帽子，带领我们一路逛去。整个行程在我的印象里，就是看故居看教堂看街景加上购物而已，但竟然有七八十个游客参加，浩浩荡荡一大队人，分别来自意大利、俄罗斯、西班牙、日本、中国以及英伦本土。听到导游问一位英国老太太，为什么喜欢奥斯汀，她的回答我只听懂了两个单词：taste 和 humor，就是那种英式的味道和幽默感。

这种英式味道和幽默感，外国人一般不容易领会其精髓，因为文化是有隔膜的，这种隔膜是难以穿透的。——但这并不影响简·奥斯汀的小说流传于世，乃至家喻户晓。

……

《傲慢与偏见》是简·奥斯汀的代表作，也是一部"寻找爱情和婚姻"的小说，虽然我一直觉得它讲的，其实就是当年英国的小康之家如何嫁女儿的故事，但周围确实很多人喜欢这本书。我有个朋友是叱咤职场的"白骨精"，枕边常年都放着几本书，其中有一本就是《傲慢与偏见》，她说有时晚上睡不着，就会随手翻开来看一段，无论是达西与伊丽莎白在舞会上火花四溅的交锋，还是班内特太太神经质的唠叨，奥斯汀的睿智总能令她倾倒，会心一笑，而后回味着熟悉的情节倒头睡去。

简·奥斯汀的一生平淡无奇，一直住在乡下，她仅仅是凭着敏感的观察天赋和出色的语言能力，反反复复地写着她生活中的那些小人物，他们的小幸福、小困境、小算计，为爱情烦恼，为婚姻折腾。虽然那些人物都活在19世纪的英国乡村，但直到今天，依然在我们的世界里活色生香，呼之欲出。——说起来，哪个时代没有操心儿女婚事的父母？又哪个时代没有愁娶恨嫁的孤男寡女？

写出这些故事的简·奥斯汀，却终身未婚。前几年有部英国电影《成为简·奥斯汀》，就是根据她的生平所拍。——她先是拒绝了父母为她安排的婚姻，因为她不爱韦斯利先生；她爱上了做律师的汤姆，但汤姆的家庭反对他们结合，她跟他私奔都走到一半了，却还是在一封家书下找回了理智，打道回府。她倒不是为了自己可能过的贫寒生活，而是"如果那段爱情会摧毁他，我宁愿不要"。即使自己还要再回到孤独的生活中去，喂猪，挖土豆，还要去面对那些闲言碎语，她还是回去了。失去了爱情之后，她把自己的感情留进了书里，"姑娘们，关于爱情，我来写给你们看吧……"

写着写着，她发现世界比她原先所想象的更为广阔，神秘，浪漫。她最终成为名噪英伦的作家。在一次聚会上又见到了那个男人——汤姆，她爱过并且一直深爱的男人，汤姆已经成为苏格兰首席大法官，他的女儿居然也叫简。

李碧华评论张爱玲说：她善写月亮，却并不圆满。简·奥斯汀也是一样。她就像盛开在山谷里一树粉白耀眼的桃李，不管苦苦等待的那个人最终有没有，来不来，她自己都要精彩绽放。我想，今天很多人喜欢简·奥斯汀的理由，也许就是对她那种"为自己而活"的人生态度的深切欣赏吧。

用敬意发酵成小说

约翰·马克斯韦尔·库切的小说，我读过《等待野蛮人》，这是一个虚拟的帝国，一段虚构的历史。

读过《耶稣的孩子》，也是一个寓言化的故事，耶稣并没有孩子。

这次的《彼得堡的大师》是我的第三本库切，倒是真的写了一个彼得堡的大师：陀思妥耶夫斯基。

陀思妥耶夫斯基已经够叫人头疼了，库切更是叫人疼到要死。因为读这本书，居然要求具备陀思妥耶夫斯基的前置阅读。你必须熟悉陀思妥耶夫斯基的书、人、经历，必须熟悉圣彼得堡，熟悉俄国那个年代的气氛、俄国年轻人，还有俄国女人。

陀思妥耶夫斯基的主人公都是些思想家式的人物，都是具有伟大而尚未解决的思想的小人物。而在《彼得堡的大师》中，库切创造了一个"思想的陀思妥耶夫斯基"，与作者形成多重的平等的对话关系。如果说陀思妥耶夫斯基的小说是复调的，那么《彼得堡的大师》就是复调的复调。

故事当然是虚构的。陀思妥耶夫斯基在一个秋天，去调查儿子巴维尔的死亡。这个儿子虽然是他的继子，但他还是很爱。他住儿子住过的房间，穿儿子穿过的衣服。看儿子留下的文字，儿子并不喜欢他。儿子是缺席者，但儿子牵引出一切，牵引出整个故事。

21世纪最优秀的小说家之一——库切，用一驾穿行在雨夜中的马车，将陀思妥耶夫斯基重新带回了圣彼得堡的大街，死去的儿子、斯塔夫罗金、癫痫、地下室飞蛾、玛特廖娜、涅恰耶夫……这是库切的，也是陀思妥耶夫斯基的，咀嚼过陀思妥耶夫斯基万般滋味的我，现在该是品尝库切的万种滋味了。

体会一。阅读《彼得堡的大师》，也是重新游走在陀思妥耶夫斯基描述的场景里，整个故事灰色抑郁的底幕没有收起过。库切想象了造就陀翁那些伟大作品的个人经验。嗯，一般是个人经验产生作品，而这一次恰恰是陀翁的作品产生了个人经验，是库切的个人经验：他的阅读经验，他现实中碰到的女人，以及他自己1984年遭遇的丧子之痛。

体会二。觉得这部小说就是在满篇交锋，陀思妥耶夫斯基、库切同人类的交锋。他们这个类型的作家不幽默，太严肃，不会清理外部世界的东西，事情一旦经历，就总是紧紧跟着他们。笨拙地消化，反刍痛苦，出卖别人的生活经历，阴沉，不招人喜欢，死死抓着被人们已经遗忘、已经鄙视掉的东西不肯丢。用文字给它们找个地方住，给自己一个地方住。好把在生活里失败的处境再赌上一把，要么胜利，要么再失败一次。

体会三。原来谁都有偶像啊，即便自己已然足够伟大。库切 1940 年出生于南非开普敦，荷兰裔移民后代。小说《等待野蛮人》出版后，为他赢得了国际声誉。他的每一部作品风格完全不同，意义多元，却部部获得成功，2003 年荣膺诺贝尔文学奖。

这么成功的库切，在 1971 年重回南非进入象牙塔研究起俄罗斯文学。在这个过程中，陀思妥耶夫斯基不知不觉间成了他心目中偶像般的存在，让他心生无限敬意。这种敬意经过 20 多年的发酵，到了 1994 年，终于被他酿成了一部小说《彼得堡的大师》。

很多人认为，《彼得堡的大师》是库切向陀思妥耶夫斯基的致敬之作。确实如此。当我渐渐厘清故事，这本小说就像冰水在我眼前淌过……这样的阅读体验，不是一次愉快的旅行，就像一路坎坷崎岖，终点还没有直观的风景，而是陷入了迷乱想象之中……但这不也是我读陀思妥耶夫斯基的感受吗？

惊叹：小说还可以这样写啊。

凋谢，证明曾经的绽放

我没有书房，但家里不缺书。咖啡机旁的一摞、沙发茶几上的一堆，都是新书；床前地毯上则是数十本心爱旧书，所谓的"枕边书"；书柜里还有不少没拆封的新书，随手拿到哪本就读哪本好了。于是我随时都可以从俗世生活中抽离，沉浸在创作者们用作品营造出的世界里，内心充满愉悦和感动。

这些天找出来反复看的，还有两本书：陆星儿的《精神科医生》，赵长天的《天命》。

20年前，观前街新华书店举办了一次"上海作家签售专场"，请来的三位作家是赵长天、王小鹰、陆星儿。场面热闹而温暖，读者跟作家之间的互动很感人。一位读者告诉陆星儿，自己也曾上山下乡去北大荒务农，陆星儿站起来跟她紧紧拥抱；还有一位读者跟赵长天聊起了对当下文学的一些看法，赵长天认真而有礼貌地听着，还轻拍着读者的肩膀表示赞许……

去现场采访的我，也有幸得到了三位作家签赠的新书，《精神科医生》和《天命》即得之于此时，扉页上有两位作家的签名和题词，陆星儿写的是：相信爱情。赵长天写的是：知天命，尽人事。

2004年，陆星儿因病辞世。想起了这位亲切如邻家姐姐的人，吃饭时听你说爱某菜，总是把这盘菜转到你面前；合影时则搂紧了两边的人，自己被挤得只露出半张脸；我知道她的感情之路遭遇坎坷，但她还是如此坚定地"相信爱情"……唏嘘良久。

不久前，得知赵长天先生病逝，心头又是一震。那次签售活动之后，我还在上海的一次华语散文会上见过他，彼时的他已出任《萌芽》杂志的主编。我记得围绕着该杂志创办的"新概念"大赛，评论家颇有微词，认为"不务正业""文学要靠作品立足，不能靠作文比赛哗众取宠"，赵长天则始终温和地听着沉思着。如今他走了，韩寒、郭敬明、张悦然等一群80后作家挥泪悼念这位"新概念之父"，我似乎又看见了他那谦虚而恬淡的笑容……

古往今来，多少王侯将相，俊男靓女，化尘化土，了无痕迹，谁还知道？即便知道，谁还能感知他们的所思所想所牵所恋？

只有这些创作者，超越时空，让与他们素昧平生的人，通过他们的作品，真切触摸到他们思想和灵魂的温度，与他们的精神共舞。宛如一场面对面的谈心，他们脸上的微笑，心里的波澜，我都伸手可触。

我也知道，书有书运，人有人命。世上固然有"畅销书"

这种东西，但也有一些人终生写却难觅知音，书即使发表出版了，有些书也注定要在书架上"瞪眼"看人一辈子。能走进人心的作者，其实都是世间的"幸运儿"。

所以，我们或许怨恨上天，过早地带走了这些杰出的创作者，但每一位创作者难道不都是造物的恩宠？上天拣选了他具备这样的才华，让他能借自己的作品而不朽。

稿子才写罢，又惊闻上海作家程乃珊女士病逝，无限伤感。找出她送我的小说《金融家》，用再次重温作品，作为对她的纪念吧。

晚春，是人间美好时，落花满地。凋谢，可以证明曾经的绽放。

我们曾经来过这大地，用什么来证明？——每个人，有自己的方法。

风来花底鸟语香

关于"通感"，钱钟书先生对此有一个定义："在日常经验里，视觉、听觉、触觉、嗅觉、味觉往往可以彼此打通或交通，眼、耳、舌、鼻、身各个官能的领域可以不分彼此的界限。比如颜色似乎会有温度，声音似乎会有形象，冷暖似乎会有重量，气味似乎会有锋芒。"

还记得中学时老师讲"通感"时举的例子：风来花底鸟语香。这个句子把人的视觉听觉触觉味觉一起调动出来，看着有点不讲道理，但是娇媚动人。

是的，就是有这么一些作家，潜意识里就神不知鬼不觉地把这个技术完成了。

张爱玲在小说《倾城之恋》里写道，白流苏在香港住的酒店，"那整个的房间像暗黄的画框，镶着窗子里的一幅大画。那澎湃的海涛，直溅到窗帘上，把帘子的边缘都染蓝了"，一个"溅"字，让人过目不忘，实在妙不可言。

熟悉的朱自清的《荷塘月色》，"微风过处，送来缕缕清香，仿佛远处高楼上渺茫的歌声似的……塘中的月色并不均匀。但光与影有着和谐的旋律，如梵婀玲上奏着的名曲"。

偏视觉型的作家很多，比如曹雪芹。

他写人的容貌，尤其是美貌，通常是类似印象派的写意式表达。但一写到服饰，写某道菜肴，写某件陈设，则长于工笔，那种恣肆铺陈的视觉效果，是非常鲜明的："这种纱叫软烟罗，只有四种颜色，一样雨过天青，一样秋香色，一样松绿的，一样就是银红的。要是做了帐子，糊了窗屉，远远地看着就和烟雾一样，所以叫做软烟罗。银红的就叫霞影纱。"文字提供的是意境，而不仅仅是一个名词。

音乐型的，比如村上春树。

他酷爱爵士乐，在《1Q84》里写，"追踪着这栩栩如生的记忆，青豆脑中像背景音乐似的，朗朗地鸣响起雅纳切克《小交响曲》的管弦乐那节庆般的齐奏，她的手轻柔地抚过大冢环躯体上的凹陷"。

而我读村上的小说时，翻动的书页间，总觉得有淡淡的咖啡香飘出。

还有德国作家帕·聚斯金德的《香水》。

小说《香水》中格雷诺耶是一个嗅觉极为发达的人，他热爱味道，试图保留世上的所有味道，他的一生都在追寻香水制造的奥秘，从溶解、蒸馏到冷油淬取法……在这个过程中，读者的感官被逐渐颠覆，由语言欣赏转入了一个完全由嗅觉主宰的世界，和格雷诺耶一样，为各种气味沉醉不已。

格雷诺耶能分辨如此之多的味道，也能制造世界上最好的香水，但最大的悲哀是闻不出自己的气味，就像没有灵魂的孤魂野鬼一样。他想拥有自己的味道，于是他把美丽的少女当做猎物，从她们身上分离出味道来，用这种神秘的提取物，制造出世界上最神奇的香水……这香水使他能完全控制别人的行为和意识，把刑场变成了狂欢的海洋，他拥有了操控整个世界的能力，但是问题依然存在：我是谁？为何永远无法像别人一样爱与被爱？他的最后选择是，回到巴黎他出生的那个最臭的鱼市上，把整瓶香水从自己头上倒下，周围的人群蜂拥而上，将他活活分而食之。

……

在我读过的书里，没有哪一部在"味道"描写上能与它相提并论，以至于这本书仅带着眼睛去读是完全不够的。当年我听到《香水》被拍成了电影，大为惊诧。除非科技发达到了看电影时也能嗅到气味的程度，不然该如何拍？书虽然只是文字世界，但可以用想象力来弥补；电影则是完全直观的，纵然有想象的空间，彼时彼刻也没这个时间。

但事实是，电影《香水》再次颠覆了我的感官世界，聚斯金德的文字变得触手可及：令人眼花缭乱的蒙太奇，纤毫毕现的 17 世纪的巴黎，还有刑场上那一幕空前绝后的狂欢，老天啊，他们是从哪里找来如此超群绝伦的灵感和演员？

所谓成功的改编，莫过于此。或者说，这也是一次"通感"的胜利。

佛系旅行者娜恩·谢泼德

刚过去的夏天，我去了苏格兰。

我清晰记得置身苏格兰高地所领受的静默力量，那种随着人世变幻无常而漂泊不定的感觉，那种由于现代社会奔腾变化而受到搅扰的心绪，倏忽间变得安定稳沉，有所寄托。

回家后读英国女作家娜恩·谢泼德的《活山》，优雅又疏离的文字，也总是将我带回不久之前的苏格兰之旅：盛夏的阴翳如苏格兰风笛深浅悠扬的旋律，狭长的湖泊像苏格兰细格纹般流淌于幽谷，还有苏格兰的风，在罗伯特·彭斯的诗句中飒飒穿行。

这是一本捕捉流水、雪花、鹿鸣的风土故事集，容纳了娜恩一生在苏格兰凯恩戈姆山的见闻：高地、群山、草木、鸟兽、霜与雪、云与霞……万物在她笔下闪烁着鲜活微光，信手翻阅，不觉就抽离了尘嚣，再度沉入深山的怀抱。

谢泼德生于苏格兰，死于苏格兰，生前曾任教于阿伯丁大学。苏格兰凯恩戈姆山不止是她地理上的家乡，也是她的精神故乡，在漫长的一生中，这片山地遍布她的脚印。

其实，娜恩既非攀登者也非隐居客，她的旅行和写作，既不为了记录登临群山顶峰的攀登快感，也并不为离群索居寻求意义。她更像一个没有目的的"佛系旅行者"，不向山索求什么，也不渴望改造它什么，只是单纯地享受在山里漫游的片刻。读她的文字，你很容易体会到这种小学生秋游般的快乐，比如她用了整一章的篇幅描述在山间入睡：

"凌晨四点出发，就能享受好几个小时这样的静谧时光，甚至还能在山顶入睡。身体随着登山的节奏灵活运转，在进食后的悠闲里得到放松。你会感到无比宁静，像石头一样，深深地沉入静止状态。脚下的土壤不再是大地的一部分。假如睡意在此刻降临也毫不奇怪，它的到来就和日升日落一般自然。"

山里的一切对娜恩来说都是有意义的。关于花草，她写道："这些有着天使般花序、藏有恶魔的根茎的植物，它们狡猾地骗过了整个冰河时代，悄悄绽放。"关于动物，她说，"它们活在我们生命彼此交错的时刻，存在于远方鹬群的银质嗓音声中"，甚至山里的沉默都是可以被听到的："这里能够听到的最重要的声音便是沉默……沉默就好比水手目光所及的地平线上最后一片陆地的尽头。"

……

《活山》写于第二次世界大战末期，曾因内容的"不合时宜"遭雪藏，直到1977年才出版，之后不断再版，评论界盛赞其是"写英国自然风景的最佳作品"。为了纪念娜恩·谢泼德，2016 年，苏格兰皇家银行将她的肖像印在了英镑上。

对于"英镑上这个谜一样的女人"，人们知之甚少，她可能是世界上最低调，也最沉默的作家之一。她一生只有数本小说和诗集，《活山》是她最后也是最著名的作品。她生性自由，终生未婚，但是朋友不少，很受欢迎。在朋友眼中，她既不沉闷，也不傲慢，无忧无虑，自然开朗，像一面平静的湖。

去世前，她躺在疗养院的病床上，周围是专程赶来看她的老朋友，她告诉他们，她仍然会出现身处山林的幻觉——那时她已是 88 岁的高龄。

关于《活山》的走红，评论界观点颇多。有的认为娜恩·谢泼德是 20 世纪早期罕见的女性主义者，《活山》正是她独立精神的体现；也有的认为她的"登山之旅"融合了哲思和纪实，是充满灵性的旅程，和当代人推崇的"灵修"不谋而合……

而我在欣赏"风风火火看世界"的同时，懂得更加尊重那些乐于在某处徜徉终生的人们，和娜恩·谢泼德一样，他们把自己的生命和某个地方交融，不断地往深里开掘，单调却沉淀，细微又深邃——这是另一种形态的"行万里路"，它会提醒我，"永远不要仓促地经过这个世界"。

海明威的森林

《我们的时代》，海明威著，拜德雅出版。

一本精致的书。版型小巧，设计典雅，纸张轻软，非常适合随身携带，随时可以拿出来读几页。

这是海明威早期的作品合集。海明威在这本书的第一个故事里，就坦诚稚气地写下了他人生最沉重的结局："爸爸，很多男人自杀吗？爸爸，死很难吗？"

这本书里不仅有《我们的时代》系列碎片式短故事，也收录了《斗士》《大双心河》等优秀短篇小说，穿插排列，勾勒出一幅 20 世纪初欧美年轻人的生活图景。全书从头到尾都散发着强烈的海明威气息，都是未来的隐喻：男人女人，自杀，战争，毁灭，斗牛，赌马，钓鱼，滑雪……精确明练的短句子，客观冷静的动作和环境描写，大多数时候戛然而止，从不妄加抒情。

"尼克"是文中多次出现的角色，他仿佛是一个不停被阴云笼罩的幽灵，而一旦与自然接触，比如去滑雪，钓鱼，赛马，便端出硬朗不羁的仪态。现在看来，海明威后来的《太阳照常升起》与《丧钟为谁而鸣》都像是对这些短篇的扩写，而如果没有"尼克"在大双心河钓鳟鱼，就不会有后来的"圣地亚哥"出海拖回那副巨大的鱼骨架。

《永别了，武器》中冒雨归去的"我"，《老人与海》里最后带回一具鱼骨的圣地亚哥，《太阳照常升起》里无法与爱人在一起，只得淡淡解嘲的男主角……马尔克斯曾经评论，海明威的小说主旨，从来都是"胜利之无用"。这是奇妙的矛盾：胜利无用，赢家一无所得，但他依然要去努力，依然拼了命要赢得胜利，于是形成了悲哀的空虚，一如海明威与之斗争多年的失眠和病痛一样，没完没了。

是的，一个作家一生写作的主题，往往在他动笔之初就基本确定了。

《我们的时代》通过不同的叙事声音与模式呈现了时代的多面性。其中的故事可以大致分为两类：一类是新闻风格的小片段，一类是短篇小说。前者的特点是从新闻速写沿袭而来的字词精炼，具短暂的爆发力以及创伤性的淡漠气质，而短篇小说有着更大的叙事结构、更多的情节和人物塑造。

这种双线编排造成的效果很有冲击性。一口气读下来，完全不知道这到底是一个故事还是十六个故事，是一个故事讲了十六次还是十六个故事以不同的方式在讲述……那些残酷的片段简短而难忘，而那些较长的短篇小说，又格外隐忍柔软。

比如，在那篇我以前就读过的《印第安人营地》中，当印第安妇女难产持续两天时，男人们躲得远远的，不想听到那

"噪音"，"她躺在下铺，大肚子盖着棉被，头歪向一边"，而少年尼克天真地问："爸爸，难道不能给她点什么，让她别再喊叫吗？"众人对悲剧的忽视导致了更大的悲剧：难产女人的丈夫残忍地自杀死亡。

从头至尾，只有小尼克是唯一直面这对夫妇命运的人物……无论什么时代，年轻人总是更能感受世间的残酷，因为他们更加敏感天真。

海明威的许多小说，是那种读了后不需要跟人谈论的书，只需自己偶尔回味一下就可以了。置身海明威的世界，如同接过他递给你的一杯威士忌，意犹未尽。所有的符号隐藏在字里行间，掠过你的眼睛，像一个神秘的森林。

最后谈谈这个"拜德雅"。我读过他们推出的好几本书了，有"人文丛书"的《艺术与诸众：论艺术的九封信》，"视觉文化丛书"的《隐在亮光之中：流行文化中的形象与物》，还有这本"文学异托邦丛书"的《我们的时代》……小众而专业，跨界自如，视野开阔，"朝向人文阅读的未来"一直是他们的目标，了不起。致谢。致敬。

失　眠

　　我的睡眠总体而言还不错，偶有失眠，大多发生在这个秋冬交替时分，不过也早已经从最初的辗转反侧，到一只一只数羊，再到搓捻脚心某个穴位，进化为慢慢认识到，没有什么事情是需要慌张的，该来的自然在来的路上。

　　于是放下手头读了一半的书，干脆下了床，到厨房烧一杯水，找出一张买了许久没时间看的碟，开始定下心来看。又或者干脆什么也不做，只是在阳台上瞎张望，窗外是同样的树林、天空、远山一角和路灯，但是夜晚让它们跟你更加接近；寂静中，墙角的龟背竹依旧保持白天的姿势，绿萝的墨色叶子从酒柜上垂下，油亮而纹丝不动，它们和我一样，都没有酣睡时的慵懒模样……

　　严歌苓有一个短篇小说《失眠的艳遇》，用精致的文笔刻画一个失眠女人的心理。记得有一句"直到一夜，我略微偏脸，看见一大摊黑色在白床单上。我不认识我的头发，但我认识我的失眠……"一个女人为了治愈失眠，远赴异地，遇见了那个与自己冥冥之中似乎注定的窗口，窗里的人让她有了期待，"我更多地想象：他是个像我一样的著书者，那种对自己潜力、才华期望过高，夜夜熬自己、榨自己，想最终从自己清苦潦倒的生命中榨出伟大声名的一类人，他们在每个世纪、每个时代、每个国度都占据一个彻夜长明的窗"。

唉，真是太辛苦太沉重啦。比较优雅的是这样的失眠："元丰六年十月十二日夜，解衣欲睡，月色入户，欣然起行。念无与为乐者，遂至承天寺寻张怀民。怀民亦未寝，相与步于中庭。庭下如积水空明，水中藻荇交横，盖竹柏影也。何夜无月？何处无竹柏？但少闲人如吾两人者耳。"

苏东坡先生失眠了，失眠的原因是月光太美，按照现在的话说，当你失眠的时候，你手机里有二十四小时都可以打扰的人吗？苏先生却说：我有。一个人失眠是寂寞，两个人失眠是情趣，于是苏先生和好朋友张先生一起在庭院散步赏月。白日所见常景，到了夜晚则品出了别样的滋味。苏先生回到屋里挥笔写下当晚日记，遂成千古名篇。——话说回来，像苏先生这样的人，干什么事会不优雅呢？

《百年孤独》中，那个俏姑娘丽贝卡来到小镇马孔多，她带着一个小行李箱，一把绘有彩色花朵的小摇椅和一个帆布口袋，还有一种疫病：失眠症。不久，失眠症果然随着布恩迪亚家出品的糖果小动物传染开来。起初人们为不用睡觉而欣喜，因为清醒的夜晚可以用来干很多事；然而当无数个白昼一样的夜晚过去，人们开始怀念睡眠时，失眠症已经恶化成失忆症。于是，张皇失措的马孔多不得不变成标签的马孔多，譬如奶牛脖子必须挂上纸条：这是奶牛，每天早晨都应挤奶，牛奶煮沸后应和咖啡混合，可得牛奶咖啡……想一想，挂满标签的世界多么混乱。女人去摘栗子，先要区分开玫瑰丛和棕榈林，家庭举办一个舞会，先要给每一个姑娘标出名字，丽贝卡，阿玛兰达……如果失忆继续延续，对着奶牛细看标签，突然不知道牛奶是什么时，马孔多的人们将从哪里挤出奶水？

实在钦佩马尔克斯，令人烦恼的失眠，到他手下如魔术师一般旋转幻化，成了色彩斑斓的舞台剧。

你也会失眠吗？你如何对付自己的失眠……

熟能生拙见高手

某次活动上，很巧的是我和一位拍专题片的摄影师坐在一起，得以郑重请教一个问题。

"那种一个接一个场景的镜头手法，你们的术语叫做什么？"

我笨拙地比喻："就像坐在航行的船上，把两岸的景观，什么树啊，田啊，庙啊，人啊，一个接一个地拍下去那样。"

"平移。"他直接了当。

小失望。这答案太平淡无奇了。

这么说起来，我心目中的很多自认为"美好"的描写，其实都只是"平移"而已。

比如鲁迅的《好的故事》。"我仿佛记得曾坐小船经过山阴道，两岸边的乌桕，新禾，野花，鸡，狗，丛树和枯树，茅屋，塔，伽蓝，农夫和村妇，村女，晒着的衣裳，和尚，蓑笠，天，云，竹……"

比如汪曾祺的《读廉价书》中，写逛沙岭子的集市，"我们就怀了很大的兴趣，看凤穿牡丹被面，看铁锅，看茄子，看辣椒，看猪秧子"。

又比如金宇澄的《繁花》。"独上阁楼，最好是夜里。头伸出老虎窗，啊夜，层层叠叠屋顶，霓虹养眼，骨碌碌转光珠，软红十丈，万花如海，风里一丝丝苏州河潮气，咸菜大汤黄鱼味道，氤氲四缭，对面有了新房客了，窗口挂的小衣裳，眼生的，黑瓦片上面，几支白翅膀飘动。"

还有就是阿城的《威尼斯日记》。"白天，游客潮水般涌进来，威尼斯无动于衷。叹息桥畔一家极小的书店，楼梯上都摆的是书，有一个老人在角落里看书，游客们轰轰烈烈地从店前走过。夜晚，人潮退出，独自走在小巷里，你才能感到一种窃窃私语，角落里的叹息。猫像影子般地滑过去，或者静止不动。运河边的船互相撞击，好像古人在吵架。经过商店拥挤的一段，两边橱窗里的服装模特儿微笑着等你走过去，她们好继续聊天。"

......

没有深刻，没有悬念，没有情节的描述，一个又一个的片断，似乎都是浮光掠影，但是读着从心里觉得好。

这种被那位摄影师不屑一顾地称为"平移"的写法，跟流行的"后魔幻""意识流""反穿越"等相比，显得那么单纯，甚至带着点儿笨拙，但是很难忘。

都说熟能生巧。有个朋友反驳说："这话献给工匠还不错，送给写字的人就很不合适，像是讽刺。熟了一定是自然生出巧

171

来，但熟出来的巧，也透着一股子工匠的味道，无非写字的匠人而已，缺才情，无法打动人。"

可见，熟能生"拙"才是高手。

有才情有故事，又不刻意卖弄的人，才敢于用这般最平淡无奇的"平移"法，来攫取这些浮光掠影的截面，一笔一笔，移步换景，有时甚至步都不移，只是目光和思绪在移动。

年轻时，一直希望文字如长江浩荡的水，每滴水都灵性饱满生动鲜香，连灵魂都是性情义气的；每一个字像跃出水面的鱼，动荡乖张，让人有中弹般的震撼，以为这才是作者和读者之间金风玉露的相知相逢。

年岁渐长，方懂得文字是应该有一些钝感的，过于流畅的文字，给人的感觉就像是在月球上行走，因为没有阻力，所以怅然若失，不能承受之轻。——而记忆里那些透出拙感的浮光掠影，才是缓缓流淌着的时光，流淌着的生活。

最初的卡尔维诺

今天收到了新书——伊塔洛·卡尔维诺的短篇小说集《最后来的是乌鸦》。

脑中忽然闪过，将近30年前，我是怎么开始认识并阅读他的。

在一次困难的、需要奔波和等待的采访中，有位友邻媒体的同行和我谈到了他。那时候记者们在工作间隙，话题还会转到最近读什么书上去，回想起来真是美好。

这位同行和我谈起了卡尔维诺。

他建议我一定要好好读卡尔维诺。他说这是一个了不起的作家，这个意大利人也是一个媒体人。有一天深夜，他加班回家路过一个公用电话亭的时候，突然亭里的电话响了起来——他被急切尖锐的铃声吓了一跳，继而好奇地想，什么人深更半夜会给公用电话亭打电话呢？他说，这种奇怪而固执的想象源于对卡尔维诺的阅读，这种细节，这份诡异，只有卡尔维诺才能惟妙惟肖又入木三分地表现出来。他说《树上的男爵》《马可瓦多》《看不见的城市》……他说的都是卡尔维诺。

很可惜，在 20 世纪 90 年代，这类阳春白雪的书，书店买不到。我灵机一动，利用刚刚在生活里冒头的网络，托人把网上能搜到的卡尔维诺的小说《寒冬夜行人》打印了出来，厚厚的一叠纸，这是我读的第一本卡尔维诺。

回到开头。我对卡尔维诺的阅读是逆向的。——《树上的男爵》《看不见的城市》《寒冬夜行人》都是他成名后的作品，而手里的这本《最后来的是乌鸦》，则是卡尔维诺写作之初的第二本书。

二战期间，在被德国人占领近两年的时间里，卡尔维诺积极参加了当地游击队组织的抵抗运动。1947 年他写出了处女作《蛛巢小径》（以利古里亚地区的游击队活动为背景的长篇小说，为他赢得了最初的名声），然后又写作《最后来的是乌鸦》。

有人说，一个作家的第二本书，才是对他的最大考验。他刚刚获得了名声，他要用实力证明名声，这是巨大的压力。但是，卡尔维诺对付这压力的手法很从容，也很惊艳。

举起步枪百发百中的南意山区孩子；在被押去枪决的路上幻想自由的游击队员；靠出租半小时床垫赚五十里拉的狡猾摩尔人；专注于舔奶油糕点而互相忘了对方的小偷与警察……书里既有魔幻的故事，也有现实的游击队员抗击侵略者的故事，就连战争也能成为童话故事的主题，格外鲜活又遥远。

这 30 个故事也界定了卡尔维诺的诗性世界：没有被愤怒感和厌倦感所污染，你能呼吸到最为纯净的空气；卡尔维诺笔下的小人物，平凡却勇敢，机智也狡黠，逆境中保持着乐观，寂寂无名却熠熠生辉，让人心疼也令人意外，具有卡尔维诺一贯的轻盈的气息。

是的，我一直觉得卡尔维诺的小说有一种天生的"轻盈"气息，尽管你也能从中体会到战争的残酷，比如在那篇《最后来的是乌鸦》里，你既可以腾空俯视被抢击中的"绚丽的伤口"，也可以在枪响瞬间细品一颗子弹的飞行轨迹，真是尽显短篇之妙。

回顾读过的他成名后的那些现代主义作品——忽然发现，卡尔维诺是循着现实主义传统开始写作，后来才转向现代派的。所以他的作品非常好读，就像一个画家写生练习的功底很深厚，然后再转向现代派。唯有具备奇异的想象力、天才的表现力，方能随心所欲，毕加索也是如此。

我还由此明白，为什么许多现代派的作家，他们的作品那么晦涩难懂？这和他们没有坚实的现实主义创作基础有关。只有脚踏实地地从现实主义走来的人，才能更有底气地挑战寓言、荒诞乃至魔幻。

我们都是方鸿渐

我一直觉得《围城》里的方鸿渐是个傻子，虽然很多书评把方鸿渐分析出一层又一层的深刻意义来，但他还是个傻子。

这个倒霉的傻子，曾经被放荡的鲍小姐引诱，被势利的苏小姐栽赃，被最爱的唐小姐抛弃，最后又要和那个无甚特色的孙小姐将就一生……让人心生同情。

还有，买文凭的手段已屡见不鲜，"克莱登大学"直到今天还招摇过市，但人家都是深藏不露，欺世又盗名。哪像他那般四处告诉人，唯恐天下不知。结果没有占到作假的好处，骗子的罪名倒又得担起来，猪八戒照镜子——里外不是人了。

不知道钱钟书先生怎么会如此熟悉这样的人？方鸿渐没有什么大功大德，却也没有伤天害理，他只是活在现实种种无奈之中的一个普通人，钱先生用他的笔为方鸿渐划上一道一道若隐若现的伤痕，看着心中又痒又疼，却无法用什么东西去搔痒或抚平。

有人说，每个人都能从《围城》中找到自己的影子。有人说，其实应该让方鸿渐和唐小姐走到一起，但婚后却并不如意，这样才更能体现"围城"之精义。——看到这一句，我才明白，我的痛痒大半来自方鸿渐这个傻子的遭遇和命运，它总是触着我心中的软处，我承认自己始终是关心方鸿渐的，不管他有多么自作聪明，玩世不恭，懦弱无用。

我喜欢这个傻子。

读完《围城》，可以假设种种可能：假如唐小姐留住方鸿渐听他的解释，假如方鸿渐在街角多呆一会儿看到唐小姐，假如方鸿渐接起电话先好好地"喂"一声……但假设终究只能是假设。小说的末尾，方鸿渐独自踯躅于寒风中的街头，想施舍叫花子却发现身边没钱……耳畔似乎响起了书中赵辛楣评价方鸿渐的那句话："你是个好人，可全无用处。"

善良又迂执，正直却软弱，不谙世事还敢玩世不恭……从《史记》到《儒林外史》再到《围城》，这样的人可算得上是一脉相承，方鸿渐的困厄在劫难逃。

心理学上说，我们为什么关心某人？无他，只因这个人跟我们的某一部分相连，这个人身上有我们的幻想，系着我们的期待，让我们感同身受，同命相怜。我们总是希望他好，因为他好就意味着我们也有好的可能。

我们都是如此。好人，或希望自己是好人，并非一无所长，曾经豪情万丈，想保全自己自由自适的人性，但全无用处。生活中，身边不缺鲍小姐、苏小姐、唐小姐，但最后的选择往往是孙小姐。有知己如赵辛楣，但更多的是李梅亭和高松年校长，还有陆子潇、汪处厚等心机小人。这些人你很看不入眼，但往往正是栽在他们手里⋯⋯我们都是方鸿渐。

"围在城里的人想逃出来，城外的人想冲进去，对婚姻也罢，职业也罢，人生的愿望大都如此。"——婚姻是围城，学校是围城，社会是围城，生活也是围城。入城和逃离，都是生命的常态。

翻出书架上杨绛的《我们仨》，看看书里一张钱钟书先生年老后的照片，他的眼睛依然闪闪发亮，透出孩童般的狡黠。

阅读的仪式感

向来觉得阅读是很个人化的事。无关舆论。无关世界。卑微人生，苍茫浮世，还有一个虚实难辨的文字空间能容我们暂安灵魂，让我们心甘情愿地付出视力、颈椎、腰脊的损伤和莫名的喜怒哀乐乃至失眠，这如何不是个人的事呐？

这么想着，对阅读的仪式感也就不以为然，曰：真正的读书人不需要仪式感。

最近读一位作家的随笔谈及自己的读书，她是这样说的：

"书可以分为：碎片信息，电子化阅读，在网上浏览即可；资料书，专业知识补充，可去图书馆借阅；文字速度慢，质感精致，值得收藏纸版的；有的书，研究和解读空间特别大，必须购置多个译者或诠释的不同版本；经典，可反复重读，它们的四周，有生生不息之空间，可以随着读者年纪增长，生命体验的丰厚，以私人体验回应文本的能力增强，回音也会越发浑厚，不断加深阅读体验。"

用以佐证的事例是，她最近重翻台湾学者陈冠学的耕读生活笔记《田园之秋》。——她读书一般是三遍：第一遍俯瞰情节，摸熟人物；第二遍细过内容；第三遍咀嚼细节。读到第三遍，那些夜雨下的闲读，农事家事杂事，都在文字中透露出与万物同在、和谐共处的清明智慧，体味出一种独到的生活美学和哲学，也发现陈冠学用字真是精致，公鸡是"鸣"，母鸡是"啼"，（不是笼统的"叫"），人坐在"带着黄味的光幅"里面，小雨是"檐滴"，大雨是"雨粒"，运笔之针脚精细，对待文字的敬重心，一字不可乱摆放的恭谨……

我脸红，汗颜。——面对她具有"仪式感"的"三遍读书法"。

是的，移动设备已经改变了阅读中介，小小的手机，似乎就能满足人的阅读需求，随时随地可以打开手机：等公交、上厕所、会议中、逛街、排队、吃饭……几乎任何可以拿出手机的时刻，都可以进行阅读。这样的阅读毫无压力，也不讲求逻辑，它单纯成为对时间的打发，一种随意的休闲和娱乐。而文字提供者为了迎合读者轻松的阅读需求，内容上主动肤浅轻薄琐碎，无缝渗入人们每一个碎片化的时间。

但是，"随时随地、无时不刻"虽然方便快捷，却导致了我们的头脑被毫无营养的碎片化信息塞满且浑然不觉。——阅读的仪式感，并非是要"焚香沐浴、品茗闲吟"，但是，至少它指向的是这一行为的"平心静气，全神贯注，聚精会神"。

美国文化批评家尼尔·波兹曼（写过《娱乐至死》一书）说："学习阅读不只是一个简单的学习'破解密码'的过程，当人们学习阅读时，是在学习一种独特的行为方式，不仅对身体是一种挑战，对头脑也是一种挑战。文字、句子、段落和书页一句句、一页页地展开，沉浸其中，并且根据一种不容更改的逻辑……"

这样的阅读仪式感，有必要重温、重拾、重构。

同样的道理也适用于看电影。——满世界的娱乐节目，就连家里电视的影像效果，也足以取代电影了，为什么还要来电影院看电影？我想，大概还是因为电影院几百平米的小乌托邦，把人们凝聚在一起，大家共同面对一个大屏幕，一起发笑和流泪的那种无法抵挡的诱惑，也算是一种无法替代的"仪式感"吧。

第三辑
接近世间那些珍贵
而无用的东西

　　把生活里遇到的事情，分成"有用"或者"无用"，这是我最不习惯，也最无法理解的一种思维。我们所需要的东西，早已不止是生存工具。人不同于类人猿的地方，是他得活在某种审美和文明之中。

　　活着，就是去接近世间那些珍贵而无用的东西。

回到梦开始的地方

聊起"美国梦",就会想起《了不起的盖茨比》。

作为美国文学的代表作,《了不起的盖茨比》如今简直已可归类到世界经典文学了,而在 30 年前,它在国内还是作为西方现代文学名著出现的。

还有一本《麦田里的守望者》。——这两本书相隔 26 年,分别领衔了"迷惘的一代"和"垮掉的一代"潮流,有点像扔向"美国梦"的两枚炸弹,震醒了当时处在时代潮头自我感觉极端良好的美国人。

这两本书如今都被收入美国的教材和学校指定读物,但两位作者的境遇并不相同。

菲茨杰拉德生前为生活疲于奔命,且受制于强势而有怪癖的太太,《了不起的盖茨比》在当时并未给他带来安逸和富足,甚至连销量都不尽如人意。而塞林格的《麦田里的守望者》则名利双收,一本书就足以支撑他怪癖的习性,从此过上远离人群的世外桃源生活。

我很早就读过《了不起的盖茨比》。20世纪20年代的美国，空气里弥漫着欢歌与纵饮的气息。一个偶然的机会，穷职员尼克闯入了挥金如土的大富翁盖茨比隐秘的世界，他惊讶地发现，盖茨比内心唯一的牵绊竟是对河岸那盏小小的绿灯——灯影婆娑中，对岸有一座小小的楼房，里面住着他心爱的黛西。然而，冰冷的现实容不下缥缈的梦，到头来，盖茨比心中的女神只不过是凡尘俗世的物质女郎——盖茨比的悲剧人生，璀璨一瞬，旋即幻灭。

对《了不起的盖茨比》的作者菲茨杰拉德，我从《午夜巴黎》《心灵捕手》等电影里熟悉了他的形象——阴柔，华美，醉生梦死，酒精成瘾。同时代的海明威的《永别了，武器》或者福克纳的《喧哗与骚动》，都隐藏着蓬勃旺盛的生命力量，而菲茨杰拉德总像是躲在他们巨大的光环背后，优雅着，浪漫着，也迷惘着，颓废着，就差被人遗忘了。

但是，新版《了不起的盖茨比》电影上映，一阵"盖茨比热"又在生活里氤氲弥漫起来——好书的存在感就在这里：它永远站在原地，不动声色默默地等待着你，等你走过了肤浅和躁动，又回到自己青春和梦想开始的地方。

今天回看盖茨比，更多的是被他对梦想的追逐打动——自诩为"上帝之子"，坚信只要自己每天都跑得比昨天跑快一点，赚更多的钱办更豪华的酒会，终有一天会实现梦想，追到自己心目中的女神黛西。今天来看盖茨比的逐梦之路，真有点好笑——世上怎么会有如此单纯执着的人，怎会有如此聪明又愚蠢的人，怎会有如此幸运又不幸的人？

但那又如何，这样的盖茨比分明又很熟悉，这是我们每个人在年轻时都曾经有过的梦想，都无悔付出的努力。

菲茨杰拉德的写作具有无与伦比的美感——巧妙的隐喻，缜密的语言和精致的结构，盖茨比躲在盛世繁华背后的孤独和被压抑的欲望，最后，来自另一个世界的汽车驶到了盖茨比的豪宅门口，才发现盛宴已经落幕……反复阅读，会越来越发现它的好。

我等莱昂纳多·迪卡普里奥版的盖茨比，等了很久，看完以后只能说，万幸万幸，总算没彻底搞砸。或者说，形式上的成功万众瞩目，却难掩本质的缺失。也许这导演拍过《红磨坊》印记太深，所有的形式都做得太满；又或许对一票原著党来说，任何改变都难逃貌合神离的窠臼？唯一没让人失望的就是莱昂纳多，他一出场，背景烟花齐放，他举起酒杯冲你微微一笑的镜头出现，心脏骤然停跳一拍——"泰坦尼克号"已经沉没了那么多年，男神也老了，但他也还是在梦开始的地方等你。

有人告诉我，电影上映期间，有书商特地推出了用电影剧照做封面的书名改为《大亨小传》的小说，据说卖得很不错。也有书店很认真地不知从哪里淘到一批华文世界公认的经典译本——巫宁坤教授等人的正宗译本《了不起的盖茨比》，竟无人问津，唉。

制造热闹的人

偶尔想起几部当下畅销书和作者的故事，挺有意思。

《狼图腾》作者姜戎。2004年出版《狼图腾》时，姜戎就与出版社达成"不拍照、不录音、不接受采访"的三不协议，出版社爽快答应。等到《狼图腾》同名电影票房突破5亿，小说再版150多次、销量超过500万册，同时签下20多种外文翻译合约时，市场反响如此热烈，出版方也只好信守约定，君子到底，对姜戎的所有私人情况守口如瓶。

《琅琊榜》作者海宴。海宴也是一向"不签售、不采访、不上电视"的。哪怕《琅琊榜》热播全中国，甚至把韩国影迷都吸引来开展"琅琊榜朝圣之旅"，她依旧一副"最神秘的畅销小说作者"风范，保持"两耳不闻窗外事，一心埋头写我书"的姿态。

《藏地密码》作者何马。《藏地密码》当年在网上火到"没朋友"，据说五天内点击量就破百万大关，印成书上市当月销量20万册，累计销量破千万册，创下中国出版史上的销量奇迹。

而何马偏偏神龙见首不见尾，甚至引发别人对其"根本不是一个人"，而是个"写作团队"的质疑和猜测。

......

书的阅读和流传是否需要作者？能不能也像我们拥有、使用的其他诸多东西一样，我们从不在意、也不问制成它的工匠是谁？哪里人？多少岁了？品行德性如何？

比如，谁都知道《包法利夫人》《情感教育》是福楼拜写的，但福楼拜说："作者应该完全隐身于他自己的作品后面。""作者应该让后代的人以为他并不存在。"——这个愈来愈难以执行的忠告，是福楼拜作为一个小说家的理想。

还有大家熟知的故事：一位美国女士读了钱钟书的书，十分敬佩，要登门拜访。钱钟书在电话中说："假如你吃了个鸡蛋，觉得不错，何必要认识那下蛋的母鸡呢？"

倒退数十年，作家的隐身还比较容易做到。塞林格凭借《麦田里的守望者》一举成名之后，迅速销声匿迹，他远离人群，深居简出，拒绝采访，排斥一切抛头露面，也没见他再出新书，直到 2010 年在家中辞世。

还有哈珀·李。她的小说《杀死一只知更鸟》，因获得普利策奖名声大噪，1962 年被改编成同名电影，成就了一个奥斯卡影帝格里高里·派克……但哈珀·李以沉默对待这一切，她始终拒绝采访和露面，也从来不理会粉丝的热情，2016 年在养老院去世。

当然，还有李碧华。她的人物独具一格，往往是矛盾、颠覆和诡谲的混合体；她的故事别出心裁、离奇瑰丽，摧枯拉朽色彩斑斓的感觉，爱与恨都极端热烈。只需想想，改编电影后《霸王别姬》中的张国荣，《青蛇》里的张曼玉，《胭脂扣》里的梅艳芳，《诱僧》中的陈冲……那份妖冶、细腻、诡异、凄艳，几乎无人能敌。

她也是个神秘的作家，照片极少，见过她面的人更少，从不参加任何公开活动。她结婚了吗？有没有孩子？家住哪里？都是个谜。在杂志上曾见她书面"答记者问"，问：你到过世界各国，哪个地方印象最深？她答：喜欢京都，还有苏州、巴黎、慕尼黑，都舒服。耶路撒冷的日落，是我见过最美的景色。而最爱的，还是自由自在生长的香港。

有人说，这才是真正的作家。作家只凭作品来说话。对读者来说，蛋好就得，何必问是哪只母鸡下的？我有个同事，是策划运作"大型活动"的高手，他就说：制造热闹的人，是应该藏身于热闹背后的。

但今天是个"营销时代"，炒作包装是常态，很多人对此趋之若鹜。文不够颜来凑亦是常态，很多人对此孜孜以求。而我们读者，也不是吃个鸡蛋那么简单，得先看母鸡的面子，才理睬那个蛋。所以，这些自愿选择藏身于热闹背后的人，还真算得上是独树一帜。

永远的"古畑任三郎"

得知日本著名演员田村正和（78岁）去世的消息，相信很多人和我一样，第一时间想起的就是《古畑任三郎》，经典的《古畑任三郎》。

这是我最喜欢的日剧之一。20世纪90年代最初由上海电视台引进译制，每周三晚上9点半左右播一集，那是必定要推掉所有的事情，蹲守电视机前的。如今我早已买了此剧的精品大碟作为永久的收藏。

作为一部侦探片，《古畑任三郎》是成功的。悬念的设置，罪犯的动机，侦探发现蛛丝马迹，得到确凿的证据……都在45分钟内得到丝丝入扣的演绎。其间，甚至还有闲暇开开玩笑，让他的弱智下属出些洋相，娱乐观众。犯罪的过程是在开头就直接展示出来的，而观众仍然有足够的兴趣观看侦破过程，该剧架构故事的能力堪称一流。

作为一部伦理剧，《古畑任三郎》是成功的。每个犯人，都不是因着本质上的恶去犯罪的，而是机缘巧合，面对上苍的安排不得不铤而走险。有的是误杀后的慌忙，有的是出手惩戒恶人……这会让观众产生怜悯和慨叹，这些人是生活的强者，本来可以有成功而幸福的人生，却因为小错积成大错而结出苦果，并最终受到了惩罚。——这让人想起中国的"三言二拍"。讲述犯罪动机和侦破，是为了警醒世人莫要学坏，因为世上没有"完美的犯罪"。

作为一部社会风情片，《古畑任三郎》是成功的。每一集的犯人涉及各种职业，从传统的花道、落语、歌舞伎、将棋等行业，到现代的影视演员、作家编剧、古董商、音乐家、律师……直到新经济出现后的爆破专家、漫画作家、心理医生、电台 DJ、商业策划人等新兴行业，构成了一幅多姿多彩的社会文化生活画卷。难能可贵的是每集剧情都和该行业的特点密切相关，许多细节的地方还能够让观众了解若干行业的常识，无怪能使喜爱传统文化的我深深迷恋，并且这种风格也是我最赞赏本片的地方，超越了一般意义上的侦探片格局。

甚至作为一部惊悚片，《古畑任三郎》都是成功的。有人曾和我讨论：解答篇之前暗场后在田村身上打聚光灯的段落很吓人，虽然这只是几十秒钟的提示。但是，不使用血腥的杀戮以及色情暴力的镜头，整个片子拍摄得非常干净清爽，却还能够用这样的方式，使观众在轻松的观看中来一次小小的惊吓，不说成功又该如何评价呢？

最后，作为一部偶像剧，《古畑任三郎》无疑是成功的。每一集的犯人，都是当时非常著名的演员：铃木保奈美、唐泽寿明、木村拓哉、山口智子、江口洋介、福山雅治、中森明菜、真田广之……看《古畑任三郎》能看到日本很多当红明星，因为，能否作为"杀人犯"和"古畑"演对手戏，几乎是衡量一个明星"红不红"的标准，最红的明星演了一次不够还要演两次，比如木村拓哉。

当然，最引人瞩目的还是"古畑任三郎"的扮演者田村正和，老牌帅哥，50岁左右却显得相当年轻，鼻高眼大偏欧化的长相，永远穿着讲究的深色西装，举手投足间散发出成熟魅力，彬彬有礼的言行态度，翩翩浊世佳公子的风采……无怪乎每一集的犯人失败以后，都有棋逢高手的心甘情愿，以及心悦诚服的钦佩。

说回到田村正和吧。他其实于2021年4月3日就已因为心力衰竭去世，但讣闻延后许多天才曝光，这源于他生前的遗愿："想要静静地离去，别惊动旁人。"据说心脏疾病是田村家族的遗传病因，他之前曾发病住过院，有了心理准备，早早就买好了自己的墓地。——"死如秋叶般静美"之现实版。

有关田村正和的生平和创作，不再赘述。我只记得去年看到过新闻，富士电视台计划翻拍这部国宝级推理剧，由谁来接替田村正和饰演的古畑任三郎，瞬间成了人们热议的焦点。但是，田村正和塑造的"绅士刑警"古畑任三郎，在我的心里是永远无法被替代的。

接近世间珍贵而无用的东西

说说最近看的电影，按时间报个流水账吧。

一、《但丁密码》。怀着一颗丹·布朗原著党的不屑之心和挑剔眼光去看这电影，居然觉得还不错。很多人说看不懂，其实搞不清符号密码并不影响对剧情的理解。佛罗伦萨大教堂、圣马可大教堂、蓝色清真寺，一切美轮美奂，唤起旧地重游的亲切，这就是大银幕的好处了，用最电影化的手法讲故事，绝对值回票价。剧情一条线走到底，汤姆·汉克斯的演技深入人心。

二、《奇异博士》。冲着卷福去看的。漫威的电影从来不是我的菜，毕竟早过了沉迷"乱力怪神"的年纪了，但它每次启用的主演都非常吸引人，于是又巴巴地入了套。卷福做手术医生时多灵性啊，当了超级英雄简直乏味死了，漫威夸口的"视觉盛宴"对我也向来不起什么作用，为此儿子吃饭时还跟我激烈争论半小时，没办法，这就是代沟。

三、《驴得水》。当喜剧去看的，结果看出了悲剧感。对人性的描写太精彩了，中国的好编剧大概都去写话剧了。有人嫌它话剧感太重，我倒觉得没什么问题，起码是好看的，总比电影感十足的烂片好看。女一号任素汐很有光彩，这种光彩只有在表演时才显现出来，放在生活里，她可能就是路人甲。

四、《比利·林恩的中场战事》。非常喜欢！看的是媒体场，被要求打分，引用一个媒体同行的话：现在我不敢给它评分，这是一部属于未来的电影，只有胸怀巨大自信的导演才敢尝试这样的叙事。

五、《我不是潘金莲》。也是看的媒体场。老炮冯小刚的机灵劲儿，拿捏当今官场现形的尺度堪称精准。故事本身有伦理硬伤，令人不易入戏，但精彩的配角群戏一定程度上弥补了缺憾。大家边看边议论，范冰冰真不适合演农妇啊！想开些吧，不要再执着于"证明"自己压根就没有的东西了，能把自己经营成一个特定的形象，本身不也是演技的成功吗？

六、《间谍同盟》。当然是因为男女主演名气大。有说它是二战版的《史密斯夫妇》，其实还真不是。很多人不喜欢它的平铺直叙，但平铺直叙也有平铺直叙的力量，它举重若轻地重申了一个总是被人轻易忘却的真理：战争中没有人是胜利者。

……

在电影院里做一个简单的看电影的人，是我生活里遇到的最好的事情之一。后来变成看一部电影，然后写下点什么，这就是工作和任务了。多年前在周刊上写过电影专栏，经常会有人对我说，看了你的文章，就可以不看电影了，省下时间去做点有用的事情吧。我很失落。我是写得太好还是太烂？难道我的文字可以代替电影吗？难道我没能把看电影时的欢快和沉醉传达出来吗？我终止了那个专栏，你们还是自己去看电影吧。

老实说，把生活里遇到的事情分成"有用"或者"无用"，这是我最不习惯，也最无法理解的思维，而且很长时间我都不大确定，自己为什么偏偏喜欢那些"无用"的事情？直到我在自己的生活经历中反复确认了"人生最重要的东西，其实都没有什么用"时，才觉得自己运气不错。我们所需的东西，早已不只是生存的工具，人不同于类人猿的地方，是他得活在某种审美和文明之中。活着，就是去接近世间那些珍贵而无用的东西。

真　实

晚上，只要打开电视，就被《干部》包围——周边有五六家电视台先后在播。如此交叉覆盖的结果是让人非看不可，但一看之下，还真是看住了。

这种安安静静、不叫不嚷、微风徐来、水波不兴的叙事风格在电视上真是久违了，这是典型的范小青的风格（这部剧由她的同名小说改编），苏州人的风格，尤勇的刚硬、丁嘉莉的泼辣都没有破坏这种风格，反而给他们的表演平添了内蕴和灵秀，使他们摆脱"飙演技"而去老老实实地表现人物，看着看着，就想起一个词：素面朝天。

是的，被《干部》吸引的主要原因就是它那种素面朝天的真实。它少不了情节和人物的虚构，但是，作者对生活的熟悉和把握，创作人员的认真制作，保证了它在总体上的不失真，你找不出它在某方面的大破绽，倒是常常因它对现实惟妙惟肖的刻画而忍俊不禁。这种真实在近年来的主旋律电视剧中，更显得难得可贵。

工作关系关注主旋律电视剧，最大的感触就是"真实"两个字太难做到了。

比如说，《省委书记》里，描写马扬辞职回原籍工作，都已经搬家了，又忽然决定留下来，这在实际生活中是难以想象的。一个厅级干部的工作安排是不可能如此随便的：组织上作出决定，下达了文件，当事人怎能如此心血来潮、反复无常、无视组织决定？

再比如，在《苍天在上》中，市长费了很大心血，支持和推动建了一个汽车制造厂，而实际上这也很失真。因为早在这个电视剧上映之前，国家已经制定了产业政策，建在那样一个偏僻地方的规模很小的汽车制造厂，是不可能也不应该被批准立项的。作者显然不了解国家的政策，凭想象编了这个故事。

《忠诚》也是如此。张国立扮演的市委书记独自一人去赴任，路上因为汽车坏了居然被当地老百姓给扣押了。这种情况在实际生活中的发生率基本为零，因为派人到某个地方任主要领导，都是由上级党委组织部领导陪同前往，要在一定范围的会议上宣布任命的，怎么会如此突发奇想地单独前去赴任？

即便在好评如潮的电影《生死抉择》里，市长李高成在中央党校学习半年回家时，市里和家里已经发生了许多事情，他居然一点都"不知情"，这也是不可信的情节。在交通、通讯非常发达的时代，一个市长，哪怕在国外都能和家里保持经常的联系，怎么会去北京几个月回来就仿佛是外星人一般呢？

当然，不管是《省委书记》《忠诚》，还是《苍天在上》《生死抉择》，都是主旋律影视剧中的精品力作，有一些瑕疵也不该过多指责。但令人叹息的是，上述影视剧的很多方面或者说情节的主要发展脉络，正是建立在这个失真的环节的基础上，这就使片子的艺术真实性和感染力大打折扣，这种失真就是致命的、令人遗憾的。

再来说《干部》。它并非无可挑剔，却聪明地避免了这种"致命的失真"。

市委书记和副书记的矛盾，缘于一个要推进改革，而另一个想保住自己辛辛苦苦树起来的典型；镇党委书记和镇长的矛盾，在于一个有魄力但习惯于家庭式管理，而另一个有理论造诣却又在旧体制内被束住了手脚……这样的干部，周围会见到很多。

乡镇企业的女厂长，豁出命来干事业，为了卖掉积压产品，甚至喝酒闹出了人命，这样的事例生活里也听说过，你笑她、骂她但仍同情她，甚至有几分敬重她。那个纪委书记，对事业无限忠诚，但对现实生活了解不够，到了一地得到的待遇总是"吃好喝好招呼好，其他什么也不理他"，这样的人物如果不是编剧对现实生活了解入微，是无法写出来的。

就是这样的干部，在江南水乡古镇为我们演绎着乡镇企业由辉煌到陷入困境又再度崛起的故事，那徐徐展开的画卷带着原汁原味的生活的芳香，将人裹挟而去，并深深沉浸其中。

当然也有不足。比如那个总以"包青天"身份出现的杜老就有点莫名其妙，矛盾不能解决了，最后总是交到他那儿，指望有结果，生活中会有这样的人吗？这是作者理想化的人物吧。

还有那个风风火火的女记者，也未免太神通广大了……但是，在总体真实的前提下，这些毛病可以放过，因为它是故事的点缀和旁枝，并不影响我们对故事基础的理解，因此才可以称之为是"瑕不掩瑜"。

总觉得相对于那些古装戏、警匪片，主旋律的戏，借以立足的就在于它的真实性，因为它的模本就是现实生活。在如此强大生动的参照体系面前，它的失真无异于就是宣告了自己的失败。或曰生活真实不能等同于艺术真实，但我想，如果连生活真实都不能尊重，更何谈艺术真实？

喜欢《干部》，是觉得它在尊重生活、尊重现实这一点上有了开拓性的提升。

浮世悲欢，尽是苍凉

张爱玲的小说，向来颇得影视导演青睐，被改编的很多。

但就我看到过的，张爱玲最负盛名的小说与改编的电影之间，似乎总有隔阂，一加一既没有等于二，更没有大于二，多数时候倒是很诡异地小于一。

许鞍华是我钦佩的导演，她对张爱玲情有独钟。她拍了《倾城之恋》，但这段浪漫唯美的爱恋，是张爱玲的《倾城之恋》吗？张爱玲说白流苏得到的不是爱情，范柳原也并非真爱她，但人总要不那么寂寞地活着，于是把彼此看得透明透亮的两人，靠着一刹那的谅解，不如说是"姑且"无所谓地睡在一起。——张爱玲骨子里是蔑视这种关系的。

后来许鞍华又拍《半生缘》，是在苏州拍的。当年做记者的我跑过这个剧组，跟着他们从东山太湖边的席家花园，拍到古城里的网师园。许鞍华为这部戏投入了十年心血，找满意的编剧，找合适的场地，找足够的资金……但这仍然是部毁誉参半的作品。有人说许鞍华拍了个通俗煽情的爱情故事，但忽略了更重要的张爱玲在故事中的态度，这态度让世间所有的"忠贞不渝"大打折扣，将传说中的"一生一世"变成了讽刺。

最近《第一炉香》上映，还是改编自张爱玲的小说，许鞍华执导，自然又引发了一场热议。

印象里的小说《第一炉香》，首先是一场色彩华美的幻梦。

那些鸡油黄，灼烈红，碧绿树，深蓝夜，诡异瑰丽，绚烂到极致，是下一秒就要破灭的畸艳。葛薇龙初见梁太太，梁太太脸上蒙着黑纱，纱上挂着一只绿宝石的蜘蛛，在光下忽明忽暗，亮时像摇摇欲坠的一滴泪，暗时像一粒青痣。被金刚钻手镯套牢手腕后，葛薇龙就是丈夫的吸金器，姑妈的私家头牌，自己灵魂的弃儿。湾仔墨蓝的海天，冷湿的海风，让她沦陷的爱情四面楚歌，灰飞烟灭。

张爱玲的文字真好，真切体会到"每一个中国字都是有其色彩、气味和情感的"。

事先知道对这电影的诸多批评，但我的观感出乎意料的不错。

这是许导改编得最好的张爱玲作品，比《倾城之恋》多了机锋，比《半生缘》多了神韵。许鞍华对女性视角的敏锐把握确实独到，欲望漩涡裹挟着她们沉沦，角色并没有过多违和，可见导演的调教功力。

只是感觉到还缺少了一点什么。

张爱玲早期作品中的主角都是享受着浮华的沉沦，《第一炉香》更是堕落到极点。张爱玲的狠毒之处，在于她把一个自愿沉沦于情欲财富的女人虚荣幼稚的内心活动一片一片掰开了给你看，让你在错愕叹息之中，思考女性的命运。——这是一种很高级的写法，作者没有去阻拦葛薇龙的堕落，更没有给她机会去反思反抗，只是把她的未来留给读者去畅想。所以可以确信的是，这样一个女孩子，根本不会像电影里那样"掌掴乔琪乔"，这才是堕落的最悲剧的意义。

小说结尾，也是电影结尾那一场新年逛街的戏，英国水兵把葛薇龙当成了妓女，葛薇龙自嘲："本来嘛，我跟她们有什么分别？"又补上一句，"她们是不得已，我是自愿的。"泪水挂在她的脸上。

小说与电影的况味，仍有巨大不同。电影里是"爱而不得"，小说里则是清醒的堕落产生的绝望。葛薇龙知道自己已经深深地嵌入了欲望的栅栏，挣脱不出来了，她的存在就是一个"苍凉的手势"。

张爱玲的小说，往往故事好说，气质难表，而她的所有作品，都在不倦地展示一种难以言表的苍凉。电影缺少的正是这种浮世悲欢的苍凉气质。

解忧，莫向外求

《解忧杂货店》电影刚刚上映，但这本书已经火了很久。

僻静的街道旁有一家"浪矢杂货店"，只要写下烦恼投进卷帘门的投信口，第二天就会在店后的牛奶箱里得到回答，再荒唐的问题也一定会得到回应，从无例外。某天夜晚，三个刚偷了别人东西的青年逃跑路上躲进这家杂货店，惊魂未定间，看到卷帘门的投信口有人扔进来一封信……故事就从这里开始。

《解忧杂货店》出版以来一直大热。即便再不跟风，每次看各个平台的排行榜，这本书都出现在畅销榜首，也会不淡定了，这终归是有原因的吧？买来读！大约三个小时，读完全书的我从最后一页抬起头来，有点茫然，不知说什么好。

一本令人意外的书。——当然是非常好看的，只是除了它太不像东野圭吾的作品了。

它不像《嫌疑人X的献身》的末尾，有石神无比绝望的嘶吼，它也不像《白夜行》的最后，有雪穗决不回头的寒意……这本《解忧杂货店》的结尾，简直甜美如童话，甚至可以说

《解忧杂货店》整个就是甜美如童话。难道东野圭吾这个赫赫有名的推理小说家，也开始走上"治愈"之路了？

想了半天，能想出的唯一解释，也只是引用一句东野圭吾自己说过的话："这世上绝大多数的小说，都可以算是推理小说。"

读东野圭吾，一直要和他斗智斗勇。他绝不肯轻易让你捋清各种人物关系，话里话外仿佛和情节无关，可稍一疏忽，过不多久就得回头找补，轻重缓急、情境言辞之纠结交叉，有如脚踏两船使之齐头并进，殊为不易——《解忧杂货店》亦如是。一个夜晚串起了数十年的时间跨度，有着复杂的时间线和人物关系，看似八竿子打不着的人物事件随着情节推进渐渐拧在一起，编织成一张精密的大网，这本是东野圭吾的拿手好戏。

东野还有一点很厉害：总是把坏事说得有争议，把坏人说得让你同情，想不出其他办法帮他解脱困境，对他的痛苦感同身受。那些既想报复社会，又想拯救灵魂的凶手，会让人合上书的时候，一声长叹，回味无穷。

回到《解忧杂货店》。街头那家"浪矢杂货店"，真能替人解忧吗？可是那些回信无论是痛批一顿，还是耐心诱导，提问者居然都异口同声：他在杂货店里得到了帮助。

更有趣的是，有些信其实是躲进店里的小混混回复的，居然也让提问者感到受益。

......

李安导演有一句名言："每个人心中都有一座断背山。"他不止一次用过这句式。拍《卧虎藏龙》时说"每个人心中都有一把青冥剑",拍《绿巨人》时也说"每个人心中都有一个绿巨人"。继续套用下去,是否可以说,每个人心中都有一个解忧杂货店?——也可能并不是杂货店,也不一定是给人回的信,只是同样一处充满温暖信任的所在。再追深下去,每个人对自己的疑惑,其实心中都有了答案,希望获得的只是首肯和鼓励。

"也许对很多人来说,浪矢杂货店的存在,对他们的人生有着重要的意义。"——它像一把神秘的钥匙,用来解码一个人紧锁的内心,窥见他真实的愿望。真正的安乐与宁静,本来就只能驻在一个人的内心,而不是依靠任何外在的东西。

想起佛教中的一句话,"莫向外求"。莫向外求,莫向外求,默念几遍,似有所悟。

推　理

大约很多人的心中，都住着一位擅长推理的侦探吧！有的是夏洛克·福尔摩斯，有的是赫尔克里·波洛，有的是阿加莎·克里斯蒂，有的是金田一、柯南……

我呢？——比如我看社会新闻人间惨剧突发之时，或看刑侦故事警匪角力之时，我总是会想，如果杉下右京在这里，他会怎样做呢？

杉下右京是日本"国民推理代表作"《相棒》的主人公，一个绅士范十足的警官。

《相棒》以雄踞收视榜榜首的拉风态势，已经持续播出了十多年十多季了，右京先生也已从一个萌大叔变成了小老头。他的搭档换了三任，有热血型的龟山，有精英型的神户，有师徒型的甲斐，他们一个个相继"毕业"。马上，杉下先生的第四任"相棒"（相棒，在日语里是伙伴的意思）就要登场。

世事变迁，永远不变的只是杉下右京。——只要事关人命，事关案件，这个小老头总会穿着西装，端着杯盏，双足并起，砰的一下，以"舍我其谁、有我真好"的浑不吝姿态跳在我眼前：他会阻止主角们的废话连篇，配角们的插话啰嗦，他会支使现场人员做最大程度的搜索和案件还原，他会对疑犯穷追猛打，摆事实讲证据挖陷阱明大义，从一丝窄径出发，凿出一条康庄大道，留给其他的人们思考、跟进或者践踏……

拜他所赐，曾经很迷恋"本格派"推理"以解谜为主，不注重写实，讲究离奇诡谲的情节与耐人寻味的逻辑分析"的我，从此走进了更为宏大深邃的社会派推理空间：鲜少卖弄血腥离奇，深入探讨犯罪动机，很多时候，推理的过程极其社会化，极其走心，但七推八推到最后，却总是发现凶手也很不容易——他们的犯罪，有着更不可抗拒的社会原因。

比如这样的案子。

一具刀伤累累的男尸坠下高楼。看上去是一个明显的"凶杀案"，结果却是自杀——失业的年轻人，找工作四处碰壁，亲友们冷淡疏远，社会保险不肯帮他的忙，黑社会却引诱他掉入陷阱。穷途末路，他每天只能靠吃超市的"试吃食物"为生，决定离开之前，他深怕"自杀"会遭到世人最后的轻视，遂以自残的手法伤害了自己之后跳楼……右京先生说：他也渴望自尊地活着，但是社会杀了他。

一个大学生，在吵架的冲动中误杀了同学后入狱，杀人者与被杀者的两个家庭从此陷入舆论的包围、媒体的追踪、他们相互之间复仇和赎罪的纠缠之中。后来，出狱的杀人者因舆论压力找不到工作谋生，又想铤而走险。他的亲姐姐知道后，因为早已不堪忍受周围重重的压力，最终杀死了自己的弟弟，他们家庭也同时遭遇了灭顶之灾……右京先生说：不管是复仇还是赎罪，都不能作为夺走别人生命的理由。没有比生命更值得尊重的东西。

一个优秀的纪录片导演突然"自杀"了。——原来，她在拍摄途中发现，自己的拍摄对象，一个美丽的女孩，因为母亲的犯罪，一直生活在压抑的阴影里。导演试图通过拍片来挽救这个女孩，而一直视导演为偶像的年轻助理，却又因导演对纪录片真实性的"背叛"而怒杀自己的偶像……人与人之间，经常就是这样的"误解至死"，真正的理解何其难也？右京先生说：正因如此，我们为理解彼此而付出的努力，才愈加显得可贵啊。

……

如此种种，既冷酷又温柔，是针砭时弊的社会实录，是人性关怀的极致书写。总之经常让我拍遍大腿忘了跟着推理，醒悟回来又感慨系之。——这样的推理，是终极武器，直指残酷的现实真相，但它又被尘世需要和裹挟，生出无穷的温暖和魅惑，正如那个无所不能的小老头杉下右京所说的："这个世界上，没有跟谁也不发生联系的人，在你自己都不知道的某处，有人在关注你，有人在支持你，人类不就是这样吗？"

往日情怀总是诗

回母校参加同学聚会。多年没有来了，发现沿着老校区的那条通道，已经竖着许多的隔离墩，车无法继续通行了，只能步行。隔离墩以西，就完全到了另一个世界，没有现代化的建筑，围墙挡住了外部的喧嚣，目及之处，全是可以入画的小楼和风景，行走其间，心就会沉淀下来，充满平静和喜悦。

老同学见面都客套"呀，你一点没变！"——但我知道我早已不是以前的那个人。流年飞过，不一定在外表上留下多少印迹，但是人灵魂的最深处，已经产生了翻天覆地的变化。

我的大学时代，三毛和琼瑶正流行。琼瑶的小说我读过就忘，从无迷恋，但我却成为了三毛的拥趸。很多年，总是临到年底才从外面风尘仆仆地归来，穿牛仔裤，背行李，精神抖擞，而且瘦，完全符合我对"万水千山走遍"的定义，看世界去，生活在别处。

只是年岁渐长，我对泛泛"看世界"已经持怀疑态度，更是对那种为看而看，为晒照片发朋友圈而看，乃至为道为禅、为时尚为心灵、为显示自己见多识广而"看"的行为，感到厌倦和不解。世界当然是应该看的，但想过你该用什么眼光去看吗？看得越多，你能否说出些独到的东西，或者反过来发现自己的特点呢？

比如像陈丹青先生在《无知的游历》里那般看世界。

他去过的俄罗斯、土耳其、匈牙利、德国这几个国家，我都去过，我对书里谈及历史景观的段落没留下什么印象，喜欢的只是他别具一格的描绘。

比如俄国人的脸，他不说漂亮，却说"那是一张有话要说的脸""俄国人的美，并非仅指生理的优越，而是，那脸是可读的，像久已入戏的演员，倏忽闪过，还带着一脸剧情。在莫斯科或圣彼得堡，大学生，职员，士兵，或身份不明无所事事的人，居然都昂着惊人美丽的头，浪费着他们大有前途的容颜。在俄国人的脸上，我分明读到文学"。

描写往返莫斯科和圣彼得堡的夜行火车，也是"仍和十九世纪一样。坐定卧席车厢，我便在安娜与沃伦斯基的旅途中了。可惜窗外漆黑，不见景色，途径区间站，亮着灯，怀了身孕的玛丝洛娃在深夜的站台追寻她的男人。黎明。圣彼得堡。靠近芬兰湾，北方的北方，俄罗斯晴空更其澄澈，这是列文曾在黎明时分仰望的高空。……车子开过市区和涅瓦大桥，朝霞照亮冬宫、广场和空旷的大街，城市还没醒来"。

陈丹青作为画家的视觉敏锐度，他对俄罗斯文学的熟悉，在文字里清晰显现。与众不同又独具慧眼，这样的游记才是今天的我觉得好看的。

回到三毛。三毛于 1991 年 1 月 4 日辞世。30 多年后的今天，我问周围 80 后、90 后的小朋友，有没有读过三毛的书？大多数摇摇头，有人连这个名字都是初次听说。也难怪，他们为何要去读三毛的书呢？她的特立独行，她的自由飞扬，她的浪迹天涯，都已经成为了生活中最普遍不过的现象。有评论家说，三毛是一种全新生活方式的摆渡人，如今她所代表的那种的生活，早已成为现实，融入了普通人的生活里，"世界这么大，我想去看看"已经成为一种流行方式，"来一场说走就走的旅行"则是生活常态，就像一艘船已经到了对岸，摆渡人自然也就不再受重视。

但是，只要回到大学校园，我还是会很自然地想起三毛，想起她在我生命里留下的种种印记。——世界是那么广阔，在自己走过了万水千山、见过了各种各样的人生之后，我早就不再读三毛的书。但是，会有某些瞬间，就像忽然按动了神奇的时光机器，又让人的思绪倒流。——往日情怀总是诗。那些除了梦想一无所有的轻狂时光，那些单纯而又苦闷的日日夜夜，如今回想起来，竟是我们飞扬又飞扬的青春。

由时令兑现的美好

什么东西流行开来都容易使人盲从。譬如《舌尖上的中国》风靡中国之后，"舌尖上的什么"就成为流行到泛滥的句式，连"舌尖上的恋人"这样的造句都现世了。

但爱吃，关注别人怎么吃，看别人怎么写吃，其实一直是我的喜好，无关流行。

从袁枚到唐鲁孙，从汪曾祺到蔡澜，从王世襄到殳俏，从厨师自传到菜谱罗列，都能看得人津津有味乃至食指大动。文人持字横行，占尽先机，一棵野菜一枚菇写个几千字不足为奇，而普罗大众写吃，从天性和本能，到舌头和肠胃，端出的人间温情也很动人。

有个朋友客居异乡，但苏州人应时对景、因材适用的食物观深入她的骨髓，一切的精神维度都虚化以后，饭菜变成了最真实的故土。她就地网上淘食材，味道则交给舌头和肠胃作裁判，只有一事常使她犯愁，"苏州人最讲究什么时令吃什么东西，记忆太久远啦"。

也经常看到小区阿婆阿姨教育小辈：这青菜现在不好吃噢！要等霜打过，炒出来吃到嘴里，才是一股甜津津。

更有新苏州人，指着黄澄透明、飘着桂花的冬酿酒问我："这是什么酒？只有苏州有，又只在那一天（冬至）才喝？"

......

现在终于有了可以推荐给他们的好礼物。——《姑苏晚报》出品的《跟着时令吃吃吃》。

是的，我没有见过比苏州人更讲究食物"时令"的。吃螺蛳要在清明前；茭白得吃在端午和重阳之间；小暑高温易疰夏，此时的童子鸡刚好滋补；至于阳澄湖大闸蟹么，一定要"西风响蟹脚痒"，才膏黄饱满。——该书的主编詹刚先生说：曾几何时，反季节蔬菜成了时尚和创新，更有甚者，转基因食品也令人防不胜防，咄咄逼人，对此我们不想说三道四，妄加评论。但有一点我们是不能忘怀的，那就是自古传承下来的，中国人特有的"天人合一"思想。人要回归自然，融合自然，就像中医讲究人的调理和进补，要跟着季节的脚步走，这美食大概也不例外，况且古训早就有言在先，"不时不食"。

好一个"不时不食"。——此所谓"道法自然"，如哲学家所说的，是"在对的时间，做对的事"，这是由时令兑现给人类的美好。

于是，翻阅此书，你能看到一年 365 天里，记者的脚步不间断地深入田间食肆，像一个忠于职守的情报员，为你带回最合时令的美味；各方名家的看法和点评、民间菜谱 DIY，乃至网友微友的口水短语，五色纷呈穿插其间，组成一道道滋味熟稔的家乡菜。翻阅此书，感觉文字会跳舞，图片有馨香，"松花团，香甜的草根美味""盛夏，在荷塘中觅一颗莲子""九月九吃一块花色重阳糕""小雪正当烹羊时"……仿佛听见了厨房里剁鸡块的砰砰声，拍生姜的啪啪响，菜的魂魄在热油"滋啦"一声中被激活，人的内心也是；就像智利女作家伊莎贝尔·阿连德在《感官回忆录》里说的"一切记忆都可以循着官能的路径回返"，赶着去兑现这一场"时令和美食"的盛宴。

赞赏这些有心人，这些每天在新闻最前沿出击奔忙的晚报人。

他们爱生活，也爱这个城市，他们乐于花时间花笔墨在这些"轻贱"小菜小吃上，令我想起，黄裳写过《马先生汤》，周作人写过《故乡的野菜》，梁实秋也写过《煮面条》……而这等寻常时令小菜，恰恰是年复一年日复一日最能占领我们记忆和餐桌的美味，是很多人一辈子最乐意浪费时间屁颠屁颠的执着。

吃，其实是讲究吃以外的东西。时代在变化，我们得到了很多，也失去了很多，被栓在高速旋转的时代之轮上运行，却惦记着人生最朴素的质地……这本《跟着时令吃吃吃》告诉我们：不管如何，这个世界，尚有这样的人这样的活法，还在遵循着简单的自然法则，追求着顺应节气、四时有道的真挚生活。

这些年你过得好不好

第一次看到汤姆·克鲁斯，是在 20 世纪 80 年代末的电影《壮志凌云》里。他笑起来的时候，像一道阳光照彻你的心扉，帅到让人立马呆掉……

很帅的男人和很美的女人一样有一种魔力，多年以后，即便你不是他们的粉丝，也还会在江湖里关注他们的芳踪，点点滴滴，都会引发遐想和感慨。

看他和结发原配离婚，娶了澳州美女，这养眼的一对，是红地毯上固定的风景。然后妖娆狂野的西班牙女人来了，为了她，他分了几亿身家给前妻，而西班牙女人最终嫁了自己的同胞。于是他转头追求"美国甜心"凯蒂·霍姆斯，她为他生下一个叫苏瑞的女儿……童话到 2012 年为止，凯蒂提出了离婚，这位很帅的男人"感到很伤心"。

这么多年来，他勉力保持着自己矫健的身材，驰骋在越来越动态的影片中。这也颇令我好奇，何以如此执着于自己的"超级英雄梦"？其实完全可以像另一个汤姆——汤姆·汉克斯一样，顺应身体变化的自然状态，出演不同年龄阶段的寻常男人啊。看看人家，奥斯卡都已经拿了好几番了。

但是，翻过另一面，电影《碟中谍》系列却总是在不断刷新我对阿汤哥的看法。在其他谍战动作片越来越简单粗暴时，《碟中谍》系列却越战越勇，越严肃成熟。

这是汤姆·克鲁斯的《碟中谍》。

阿汤哥在其中饰演的特工伊森，每一次任务都充满了惊险与未知，都是人类对极限的挑战。他做过蜘蛛侠，徒手攀悬崖，跃过上海的摩天楼；也爬过迪拜塔，站在飞行的军事飞机外来个超高空跳伞，又超低空开伞，驾驶直升机，还直升机对撞……然后每一次都会给大家重温一下摩托飙车、实拳格斗、人脸面具、城市跑酷这些《碟中谍》的经典桥段。

22年，6部《碟中谍》，就是阿汤哥用汗、用伤、用他的那份执着换来的，这个"美国成龙"从34岁到56岁，给我们留下了一段段经典的银幕记忆。我渐渐地发现，汤姆·克鲁斯和他演的伊森，很大程度上变得重合，有着相同的精神气质，你可以在一个人的身上看到另一人的身影。

即便一个最简单的"阿汤跑酷"，你看他的身材丝毫也不走型，参照比他年轻的莱昂纳多和德普就知其中不易了。——《碟中谍》系列成就了谍战动作电影难以超越的高峰，这是阿汤哥用拼命精神在和时间赛跑，还看不到他的极限。

影片的幕后新闻里说，阿汤哥在《碟中谍6》跳跃伦敦高楼时，剧情需要他撞在墙上而非跳过去，结果实拍时角度出了问题导致他受伤，踝关节两处骨折，医生预言他要9个月才能跑步，也可能一辈子再也不能跑步。但他仅仅休息了2个月就重返片场，电影也如期拍完上映，一天也没耽误。

有人说，正是他的努力，使得很多本来已经排定了档期的暑期商业片一片慌乱，许多片子纷纷以"制作原因"和"技术原因"撤档改档，花拳绣腿，如何敢正面碰撞？这份"自知之明"还真叫人哭笑不得。

这些年你过得好不好，偶尔是不是感觉有些老……很帅的男人，当然也会老，但不妨碍他的野心和诚意还是空前的大。动作片向来不是我的菜，但《碟中谍》每一部上映，我都会去影院看，也从未失望过。

祝《碟中谍》系列长青，隔三差五出来教那些商业片做人。

种种离去

我得承认，我从来不看 NBA，我对这款"巨人的游戏"没有兴趣。

科比的告别赛时，我经过广场的直播大屏，大屏前聚集了很多亢奋的人。我还在大屏上看到了大卫·贝克汉姆，这个洛杉矶的宠儿，他坐在疯狂的人群中安静而忧伤地微笑，他是不是想起了自己的告别战，那天，他哭得像个丢了玩具的孩子。

……

种种离去，总是伴随着一道道风景的消失。

我没有完整地看过科比的任何一场比赛，却对他一个场外的细节印象深刻，那是4年前有幸去伦敦奥运现场观赛的一位网友传上来的视频。

巴西和美国的女排决赛即将开始，突然，科比来了。他来为女排的同胞加油。一个七八岁的身穿黄绿色巴西队服的男孩，怯生生地走过来，鼓足勇气叫了偶像好几声。科比终于听见了，一个灿烂无比的笑容，牙齿巨白，拥抱，签名，主动拿起孩子挂在胸前的手机拍了一张合影。男孩心愿达成，喜笑颜开，回头走了几步，激动大哭——那一刻，视频轻微抖动起来，可以想象拍摄者的激动心情。底下有人回复：他不过是在作秀罢了。

如此卖力而诚恳地"作秀"，我却十分信服。

回到我喜欢的网球。最近也有个明星离开了赛场，她是玛丽亚·莎拉波娃。她在2016年年初的澳网中，被检测出米屈肼阳性，简言之，就是她服用了禁药。她解释之前没有认真阅读国际网协关于禁药的信函，又解释服用此药是为了预防某些家族史疾病，但是，这样的解释显然是苍白无力的。

这个全球收入最高的女运动员，这个在美国洛杉矶定居的俄罗斯美女，这个切尔诺贝利核泄漏灾难的幸存者，对很多人来说，只是一副被美元过度包装的好皮囊。我周围的球友多数不喜欢她握拳拍腿死抽猛打的球风，不喜欢她打球时被讥为"西伯利亚汽笛"的高分贝吼叫声，也不喜欢她"我到巡回赛不是来交朋友的"高傲和冷漠，但你不能不认可她达到的高度。记得那年她成就全满冠后，有刊物约稿，发去的文章登出来一看，标题已被赫然改为"有一种完美叫莎娃"。

我看莎拉波娃的比赛不多，却记得她在接受采访时说的话，"我拥有金钱，拥有名声，拥有大满贯冠军，但是当你对这项运动的热爱大过以上所有这些时，你仍然会坚持在冰天雪地的早晨从床上爬起来，即便清楚这将会是最困难的一天"。

她没有为了巨额的广告合同而将自己变成美国人，仍然保留着俄罗斯国籍；她常年担任联合国大使，支持故乡西伯利亚的核泄漏治理工程；她也没像很多体育巨星，搬到苏黎世或摩纳哥避税。在婚恋上，她选择的先是篮球运动员武贾西奇，后是网球选手迪米特洛夫（都已分手）。这两位的收入只抵得上她一个零头。在谈及和这两人的交往时，她说了几乎相同的话："因为他也是个运动员。我们对彼此的生活习惯和工作性质非常理解，我们在一起很放松。"——怎么看都是"因为爱情"。

正是这些场外的点滴，让我逐渐理解并开始欣赏莎拉波娃。可惜，她用自己的青春、美貌、实力、个性矗立起来的形象，一夜之间，都因为"禁药事件"轰然倒塌。她曾经是这个时代最为生动时尚的励志偶像，如今却被禁赛，很可能直接终结职业生涯。明星也是人，人性的光辉和幽暗他们都有，且因为处于光环笼罩之下，这种错乱就格外触目惊心。

科比的赛场故事，已画上句号。莎拉波娃，还会回到赛场吗？她在球场上奔跑吼叫的时候，我并不喜欢她，一旦她消失了，才发现眼前真的缺了一道风景。

"任何事情做久了，神就上了身"

这句话，是作家贾平凹说的。

他还举例："我的一个小学同学，他后来成了我们村的阴阳先生，婚嫁、丧葬、盖房、安葬全是他一个人来看穴位和日期，凡是按他看的穴位和日期办事的，事情都很平顺，反之都出事了，大家都说这个人是一个神人。但是我了解他，他的文化水平并不高，为什么他那么内行，就是干这项工作干得时间久了，神气就附了体。写作也常有这种现象，如果你变成一个磁铁，钉子、螺丝帽、铁丝棍儿都往你身边来。"

嗯，记得毛姆也说过类似的话，"有时候，与人打照面的刹那，他长大的街区，陪过的酒宴，吹过的牛，谢了的顶，他小小的计谋，他不得不稀里糊涂娶的女人……全都会刷刷刷地调动到眼前来"。一件事情干得久了，总有些神灵附体的意思。

艺人也是这样。当然，是指那些有悟性的艺人。

最近有同事去北京国际电影节采访回来，他有机会近距离拍摄作为评委的许晴，这个才三十出头的年轻人，对奔五的许晴崇拜得五体投地，一口一个"女神"。也是啊，好比许晴一头银色白发上节目，可以如此惊艳为她的美颜加分，而广大同龄的女人，都在忙着把头发染黑，要不你也染个白发试试，上地铁准有人给你让座。

根据这几年在真人秀舆论风口浪尖沉浮的观察，许晴这个人，还真是旗帜鲜明地追求纯粹感情那一派，她的童颜美貌、双眸深情和自由财务，就是她为自己而活的深厚本钱。人家特别不在意婚姻那张纸。人家不是公主病，人家就是个公主。人家也许不合群，但是，谁规定了每个人都必须合群？我倒是越来越欣赏她的活法，那是顺应命运的辗转与发展，选择让自己舒服的生活态度和方式，专心只做自己的活法，这样一旦做久了，奇迹必然发生。

还有歌手张信哲。《我是歌手　第四季》开播伊始，我就不断听到对"情歌王子"的各种赞。当时他已经 48 岁了，这个年龄段的华人歌手，很多都无法登台演唱了，有身体的原因，也有生活的原因，有的疏于练功，有的烟酒无度，有的被不良情绪打垮……而我们任何时候看到的张信哲，声音清亮，气息悠长，他的唱功没有丝毫退化的迹象，无限接近 CD 水准，而且因为舞台历练比年轻歌手多，表现力还强于年轻歌手。

张信哲 20 岁出道，从那以后他就没有离开过舞台，每年至少推出一张专辑，很多都是热销的，培养了一代又一代粉丝。这期间，世事沧桑，万事万物皆在变，张信哲的东家都换了好几茬，唯一不变的就是：他一直在场，一直在唱，他是个随时准备好了的歌手，也终于能够在每次登场的时候，都献出完美的声音，来获得旧人和新人的共同热爱。

那么，我们这些普通人呢？我们有什么可以持之以恒做很久的事情呢？有人问我为什么总是读和写？答曰，喜欢。又问那为何不整个公号推广，一不小心或许成了网红？答曰，我怕麻烦。当然我理解也支持别人开公号，不过一定要清晰地知道，半年拥有几万粉丝、一年百万粉丝那样的神话，不可能发生在你的身上。所以，如果你不幸把那当成了理想，也要隐藏得连自己都不至于发现，否则该怎样抑郁烦恼啊。

我就是这么没劲的人。唯一可以肯定的是，还是会写，开心就是收获。别说连"神能不能上身"这样高深的问题没有考虑过，即便徒然花费时间精力也认了。——因为我切身地感受到：认真地做一件事情，心无旁骛地一直做下去，其实是会让人产生幸福感的。

爱自己

大概每个女人，一生中所爱的人都差不多。乃看有些女人一直爱帅哥，有些女人一直爱大款，有些女人一直爱才子，还有些女人呢，却一直爱自己。

比如刘嘉玲。忽然发现，差不多每年都有写到她。因为叨在老乡，经常被编辑们命题作文：这次你就写写刘嘉玲吧！

当然，也因为她确实有料，而且态度合作，肯爆料。

香港媒体报道，刘嘉玲接受 TVB《最佳女主角》访问时，再度谈及当年被绑架事件，已经云淡风清。她说："如果有机会，我想再碰到那 4 个人（绑架者），他们也都是受人指使吧？"想起 2002 年香港演艺工会发起的千人抗议集会，刘嘉玲一身黑衣坚定地站到台前，发表了几次被掌声打断的简短演讲——"我今天来这里，想对爱护我的人，支持我的人，和一些想伤害我的人说的是同一句话：我比我想象中的更坚强。"

因为爱自己，当深埋在心中十几年的隐痛被无情公开时，她没有像一般女人一样选择闭门不出，寻死觅活，而是痛定思痛，从此涅槃。同时代的女神蓝洁瑛，却沦落到要靠政府救济金生活，还在镜头前伸出伤痕累累的手腕反复试图证明，当年有被大佬侵犯。而镜头外记者的问题，已经听不出有一丝一毫的怜悯，连看客都已不耐烦，当她是祥林嫂：怎么又是她？相比之下，对刘嘉玲，只有赞一句"两岸猿声啼不住，轻舟已过万重山"。

近日刘嘉玲在内地登上了"娱乐圈投资富婆榜"，以6.5亿元人民币（约8亿港元）高居榜首，她大笑："这是网站为了吸引人的眼睛，增加点击率，笑笑而已，我是劳动人民，一年到头不停地工作。"

确实，作为一个广告代言人，她在任何场合出现都是时尚达人；作为一个演员，她也越来越有范儿，《让子弹飞》《狄仁杰》中寥寥几个镜头，都抢走了主角不少风光。作为一个妻子，她会在任何老公不想也不擅出现的地方出现，她善于学习，左右逢源，投资有方，还很谦虚，"我其实不会理财，看到数字就头疼，但他更不会，那还是我来吧，这样他也能专心他的电影，不用活得太通俗"。

前一段时间梁朝伟和周迅的绯闻甚嚣尘上，她的"灭火方式"也非常刘嘉玲化，高调接受媒体专访，大谈家居布置，大谈婚姻态度："好的爱情应该拉得开，又扯不断。""生活有一些痕迹，比无瑕来得更完美。""我们各有各的财富，他的是我的，我的还是我的。"

好一张狡黠柔韧的网！而且梁朝伟身处其间，很舒服很适应很自得，毫无挣脱的需求和道理，因为他再也找不到更适合自己的人了。

相当多的人并不怎么喜欢刘嘉玲，觉得她俗，不如张曼玉那般姿态端得足，觉得梁朝伟找了她真是白瞎了影帝的身份，可惜了。

其实夫妻之道，只有当事人自己心里最清楚。香港媒体早就指出，这两人倒是梁朝伟更离不开刘嘉玲，是她用自己的"俗"，成就了他的"脱俗"，只有在最险恶的娱乐江湖上浴过火的凤凰，才会活得如此通透。

刘嘉玲的活法给我们提供的生活样本就是：

努力完善自己，延展自己的生命宽度，远比幽幽怨怨的小情小爱更有意义。

把生命中所有的经历都当做财富，以坦然的态度面对之，跨越之，永远向前。

细究起来，这些都是很普通的生活准则。在这个竞争与性别无关的时代里，女性与其梦想依附他人，把一辈子押在某个别人身上，永远不如好好爱自己，成就你自己。

巴黎，最浪漫的事

　　昨天晚上，去看新版的电影《悲惨世界》，兴兴头头走到电影院却被告知满座了，没有票了。这倒罕见，分析原因，是名著加上卡司的吸引力？是同名歌剧赢得了人气，还是奥斯卡（安妮·海瑟薇获得第 85 届奥斯卡最佳女配）拉高了大家对此片的期待？可能这些因素都有吧。

　　虽然扫兴而归，思绪却一时还在这上头转悠，顺着《悲惨世界》，想起雨果，想起巴尔扎克，也想起巴黎。

　　巴黎这个城市，顶着浪漫之都的桂冠，它的每一个角落，都被世人以艳羡的目光仔细扫视发掘过了。今天你若去巴黎，依然是走在 19 世纪铺建的著名的碎石大道上，这条大道的沿线，点缀着协和广场、凯旋门、卢浮宫、巴黎圣母院……在这条大道上，曾经走过了波德莱尔、居里夫人、毕加索、乔伊斯、可可·夏奈尔……

　　有个熟人去巴黎旅游了一趟回来，对我说："什么浪漫呀？都是些旧房子，还不如咱们这里呢。"这也是一种解读。

又有熟人说他在巴黎圣母院的露天咖啡馆喝着苦咖啡，一直坐到夕阳落尽，想象当年的维克多·雨果，究竟是怀着一种怎样的心境，徘徊在圣母院前墙巨大的阴影下面，开始构思一个波澜壮阔的故事的。这又是一种解读。

我觉得，巴黎的浪漫缘于巴黎人，他们最擅长创造"浪漫的事"。

记得当年去巴黎，我听说雨果故居就在市中心孚日广场，是 17 世纪的皇家府邸，离我们住的国际艺术城很近，第二天就赶着去朝拜了。寓所外表古老，内里全是镶金镀银豪华典雅的建筑，记得有一间屋子全用中国家具装饰，紫檀太师椅，瓷盘瓷瓶，浓烈的东方情调。作家的手稿也有展出，书册装帧金碧辉煌。雨果真是个浪漫奇才，他身为贵族，却同情劳苦大众，自己像工匠般热爱劳动，一生为摧毁那个荒谬的"悲惨世界"而奔走呼号奋笔疾书，这人活得太光辉灿烂了，令人不由得不钦佩崇仰。

同为文豪的巴尔扎克就完全不同，他的故居一眼望去就是平民 Style，在一条街快到尽头的斜坡处，开门就陡然下坡，花园里草木杂陈，埃菲尔铁塔的雄姿映入眼帘——他住的时候还没有铁塔，那时这里是乡下。他的书房保存得很完整，书桌，鹅毛笔，拿破仑雕像，还有那把银咖啡壶，陪伴了他所有疯狂玩命的写作时间。投资失败加上随意挥霍，巴尔扎克负债累累，最困难的时候，他每天只能吃干面包喝白开水。就餐时，他便在桌子上画一只只盘子，上面写着"香肠""奶酪""牛排"等字样，然后在想象的欢乐中狼吞虎咽。

有评论家言：雨果把信仰放得比天高，巴尔扎克的信仰只在自己笔下。

因为境遇悬殊造成的不理解，巴尔扎克曾经非常粗暴地对待过雨果，但他们后来成为伟大的朋友。巴尔扎克逝世后，雨果站在巴黎的蒙蒙细雨中，面对成千上万哀悼者说道："他的一生短促而饱满，他的作品比岁月还多。"作品比岁月还多，这比喻很奇怪，有点不合逻辑，但细品下来，却深意无边。

印象最深的是，巴尔扎克故居里有一位白发苍苍的管理员，我们问他，巴黎人如今还读巴尔扎克吗？他点头，当然，我们喜欢他的书。他还说，1999 年的 5 月 20 日，是巴尔扎克200周年诞辰纪念日，巴黎市民自发地装扮成他的《人间喜剧》里五花八门的人物：高老头、伏脱冷、欧也妮、葛朗台、邦斯舅舅、贝姨、交际花艾丝苔、青年诗人吕西安、银行家钮沁根……数百的"神魔鬼怪、英雄豪杰"浩浩荡荡，从香榭丽舍大街出发，在初夏的阳光下笑着舞着，一直走到这里来——他们以这种方式，纪念这位伟大的作家。

啊，这真是我在"浪漫之都"巴黎，听说过的最浪漫的事。

不能老，不敢老，不服老

在中国做一个女艺人，一个最起码又最严苛的条件是：不能老。

没有一个国家的编剧像我们这样势利、武断和蛮横。美就只有 18 到 25 岁，朱丽叶为什么美，因为她 14 岁。女主角为什么美，因为她永远不老。

"天山童姥""冻龄女神"算是一种至高的褒奖，而女星那些有皱纹的眼角、发福的身材都会被媒体无限放大。"62 岁赵雅芝与老公同行，优雅招手好身材抢眼""47 岁伊能静终于怀上二胎，再次当妈实属不易""52 岁刘嘉玲晒素颜运动照，皮肤黝黑尽显活力""45 岁俞飞鸿传授保养秘笈，涂啥不重要，得会睡"……这些大概算是表扬吧，但是为什么都给人当头棒喝之感？是那个触目的年龄在提醒人：你就是老了呀。

生活里的老都不肯轻易放过，屏幕上就更有一种"斩尽杀绝"之感。

曾经是一代女神的潘虹，在今天的屏幕上，已经是一个终年家斗的凶悍婆婆了，她明明有美貌却要扮老，明明有演技却只能扮凶。何赛飞也已经歇斯底里了若干年，看她演妈妈、演奶奶，扮相虽老却不掩古典秀丽本色，真让人心酸。江珊就只能演讨厌的黄脸婆了，永远在怀疑丈夫是不是出轨。她们的对面，站着李明启、刘莉莉、温玉莲这一类专门饰演笑里藏刀、就地打滚的亲家和同事。

没见过像中国电视剧这么妖魔化老、埋汰老、践踏老的。女人真不敢老啊，一老，就是各种浑浊各种混帐，不是被岁月折磨得灰头土脸，衰败笨拙，就是让审美祸害得不伦不类，整天艳俗聒噪地瞎热闹，再不就是一辈子陷入斗争的漩涡。跟领导斗完了跟小妖精斗，老了再跟自家的儿媳妇斗，好像她们的一生，就从来不曾在职场上、在爱情里和在家庭事务里焕发过光彩。她们一出场就顶着三姑六婆的身份进行扰乱乾坤的任务，就像一出生就已经到了更年期，完全没有故事可以咀嚼，也完全没有亮点可以回味。

而我看过的很多国家的电视剧，美剧、英剧、韩剧、日剧，都不是这样的。

熟悉的美剧《欲望都市》《熟女镇》，都是讲述四五十岁女性的事业和爱情的。记得看到过美国媒体报道说，因为受了这些热播电视剧的影响，这一年龄段女性的高级内衣需求量都明显上升。之前购买性感内衣的主要消费群体主要是20岁出头的妙龄少女，而热播剧中积极美丽的女性榜样，让大批同龄的中年女性树立起对自己的信心。

在日本女星中，60多岁的黑木瞳和大地真央，70多岁的吉永小百合，仍然以美好的风貌出现在电视剧里，她们是医生，是律师，是教授，是警探，是董事长，是美人。她们在岗位上仍然散发着魅力，拥有属于那个年龄的优雅和尊严，活得从容而自信。

唉，也难怪，我们这个社会就是热衷于提醒人年龄的。每看到一个陌生人的新闻，许多人做的第一件事就是搞清对方的年龄，再用年龄推断他混得好不好。倘若有人，尤其是女人不认这个理，她就会被一再置顶关注。比如刘晓庆，在这个"不能老，不敢老"的行业里，她为自己选了一条"不服老"的传奇之路，她的"永远18岁"扮嫩大法很容易活成笑柄，但背后是否也有一重无奈，更是一种自由和挑战呢？有人说，相比她的影视成就，这才是她此生对中国社会最大的贡献，细想想，还真有道理。

在一个健康的社会里，美应该是是没有年龄感的。"美"这个词，可以用在任何一个年纪的人身上。期待我们的屏幕上，也出现令人信服的美丽的中年人，美丽的老年人，让艺术和生活交相辉映，让老去不再是一件可怕可窘可叹又可哀的事情。

传奇，不仅属于秋日

手里是一本新书《秋日传奇》，美国作家吉姆·哈里森的小说，上海译文出版社 2020 年出版。

我们在 1995 年看过的享誉全球的电影《燃情岁月》，就是根据它改编的。时隔这么多年，看到原著依然心动。

这是一部小说集。《秋日传奇》这个跌宕起伏、牵涉到很多美国历史的故事，其实只是一个中篇，它也是美国文学史上公认的中篇小说经典。这个集子里，除了《秋日传奇》之外，还有《复仇》和《独舞男亨》两篇。相比《秋日传奇》，故事的精彩程度稍弱，但人物也很立体。

至于《秋日传奇》，看过电影的人都熟悉。辽阔的美国蒙大拿州牧场，退役上校拉德洛的三个儿子，都是英姿勃发，却性格迥异。他们满怀豪情投身一战，大哥艾尔弗雷德很快晋升为军官，小弟塞缪尔也被提拔为随从参谋，二哥特里斯坦却桀骜不驯，受到降职处分。不久塞缪尔战死，特里斯坦按照印第安人的传统，取出小弟的心脏带回家乡，将其埋葬在峡谷上方山坡上的清泉旁边。

塞缪尔的女友苏珊娜深爱特里斯坦，可特里斯坦却离家做起了生意。心灰意冷的苏珊娜只好嫁给了大哥艾尔弗雷德。多年后，特里斯坦得知父亲中风的消息，回到蒙大拿，等待他的却是父子三人的爱恨纠葛，他自己也再次陷入了苏珊娜的情感漩涡中……

纵横大海，跃马千里，到处喝酒到处闯荡，到处遭遇破碎的心……随着阅读深入，思绪也和书里人物一起狂奔。特里斯坦如风一般闯入了每个人的生活，也像大火把很多人的命运毁于一旦。妻子伊莎贝尔被警察误杀，苏珊娜因愧疚和绝望自杀，他自己完成了报仇，最终死在了一只熊的利爪之下。

在作者笔下，美国西部的色调是如此丰富，爱情、受难、和解、怨恨、死亡……一幅时代风俗画，几个命运多舛的有情人，这些年轻的生命仿佛被施了魔咒，死神可以偷走他们的性命，却无法偷走这精彩的故事。也是因为电影太经典了，导致我看到书里的特里斯坦，眼前必定是布拉德·皮特标志般的不羁眼神。有这么一种人，始终听从内心的声音，还兼具有趣灵魂和绝世美颜，特里斯坦正是如此，是幸，还是不幸？

读完了小说，我对电影的印象有所修正的是：写一本爱情小说，不是吉姆·哈里森的初衷。电影《燃情岁月》给了观众"这是一个爱情故事"的错觉，要归咎于它大量削减了特里斯坦在海上闯荡的情节。

作者要写的是 20 世纪初的美国西部传奇。特里斯坦回到牧场后，听说因为战争，牧场的牛肉卖不出价钱，财务告急，一句话"钱不够？我们去挣！"这是特里斯坦的勇气，也是年轻时拉德洛上校的勇气，更是那个时代美国人的勇气。

还有，读小说才发现作者的语言之美，如诗歌一般跳跃，有画面感，翻译也很棒。

在流浪多年之后，特里斯坦好不容易和伊莎贝尔安顿下来。他们的邂逅被作者用诗一般的语言如此描绘："不一会儿，她便与他一起进入了酣畅而甜美的梦乡，两人紧紧地拥抱在一起，所有孤独终于从地球上黯然消失了。"

可惜大概是因为这个男人"太具有战斗力"了，命运没给他安居乐业的机会，他还是从平静的生活里被"挤"了出去，重新开始战斗，开始流浪，"他始终属于天涯海角，而不属于屋内一堆小小的炉火"。

但生活不就是如此吗？命运不就是如此吗？

世间曾有那样的他，世间曾有那样的她。他们爱过，恐惧过，战斗过，终将消失。

这也是传奇，不仅属于秋日。

饭局达人鲁迅

得人送一本新书《鲁迅的饭局》。

这并非一本八卦的书，而是在浩如烟海的研究鲁迅的著作之中，一本以小见大且非常有趣的书。

研究鲁迅的著作看过很多，从他的身世、思想、情感、文风……都有大量研究专著，有宏大叙事，也有探微知细。但这本《鲁迅的饭局》却独辟蹊径，从"吃"入手，生动再现了这位"民国大先生"最为日常世俗的生活场景和民国文人的交际画卷，实在是一本"朝深处想，往小里说"的开阔眼界的书。

在北京的时候，鲁迅在教育部当公务员，每月工资 300 大洋。有人精确兑算过：一块大洋的购买力大约相当于现在 185 元人民币。鲁迅的月俸银相当于 5.5 万元人民币。这工资与北京大学文科学长陈独秀的工资持平，他还有讲课和稿酬的收入，这保障了他能够自食其力，坚持自由思考和独立人格，也确保了他"饭局达人"的实力。

鲁迅又是个实实在在的"吃货"。

鲁迅日记里就记载了北平有名的餐馆共 65 家。1918 年鲁迅在《新青年》上发表小说《狂人日记》，被胡适强烈推荐，称之为中国现代小说的"开山之作"，赞鲁迅为"新文化运动的健将"。为此鲁迅专门请胡适到北京绍兴会馆吃饭，甚至点的菜都充分考虑了胡适的口味……啊，原来这两个中国新文化先锋，并非天生死敌，一度关系还非常融洽，但后来竟然反目，甚为遗憾，叹息。

　　还有，鲁迅曾赴郁达夫王映霞夫妇的饭局。那天的女主人王映霞谈此次饭局：那时，请客吃饭是常有的事，我们考虑到鲁迅是南方人，特地订了聚丰园，还邀请了柳亚子、郁达夫的兄嫂等人。席间谈笑风生，大家即席赋诗联句，鲁迅遂赋"横眉冷对千夫指，俯首甘为孺子牛"……啊，原来这么著名的诗句，也是在鲁迅日记里称为"达夫赏饭，闲人打油"的饭局上赋得的。

　　鲁迅在北京时，还常去名列于"八大居"的广和居吃饭。记得当年我去北京，朋友请客问我去哪，我直点"广和居"，原因就是"那是鲁迅吃过饭的地方"。

　　而在上海期间，东亚饭店是鲁迅去得最多的一家餐馆，似乎每次外出吃饭，东亚饭店便是首选。

　　有着"杭帮菜第一家"美誉的知味观，也是鲁迅很爱光顾的菜馆。今天"知味观"干脆将鲁迅当成了一面金字招牌，上海和杭州的知味观大堂里都挂着鲁迅当年在店里宴客的照片。

　　鲁迅对食物的熟悉，偶尔可以从他的作品中显示出来。《在酒楼上》的"我",进店要了"一斤绍酒,十个油豆腐";《阿Q正传》里则有"油煎大黄鱼";《风波》中出现了"乌黑的蒸干菜";《孔乙己》里的"茴香豆"等等,都是他的家乡菜——绍兴菜。

《鲁迅的饭局》中则详细描写了鲁迅的饮食习惯和口味偏向,挚友齐寿山说鲁迅最爱的是"越鸡绍酒";萧红说先生爱喝花雕还经常喝醉;许广平担心他醉酒伤身,委婉地说"不敢劝君戒酒,但祈自爱节饮",他听后就喝得少了。广平夫人的谦恭温良也跃然纸上。

这本书的作者薛林荣,20世纪70年代末生人,隐身甘肃天水,埋首故纸堆。

顺藤摸瓜,原来作者还出版过《鲁迅草木谱》,即将推出的还有《鲁迅的封面》……扎实的史料考据研究,一系列别致的"小视角",娓娓道来的故事,呈现了一个文学史之外更为立体、更为丰满、更为真实的鲁迅。

还能再看到演唱会吗？

以往的春末夏初是演唱会旺季。

我不是乐迷，看演唱会，看个拼盘演出就满意了，都是电视上的熟脸，挺开心的。但我们音乐编辑同事的口头禅是：别看拼盘，要看个唱！歌手都会为了个唱充分准备：体能、练舞、排练、舞美……歌手的真正实力，只有演唱会见！

被他们煽动后，确实也看过很多个唱。在上海看过如日中天的王力宏、周杰伦，看过声嘶力竭的罗大佑，深情款款的张信哲，拿着皮鞭的蔡依林，坐着金马车的陈慧琳……还看过只靠一把好嗓子、一杯水撑全场的费玉清，据说有很多阔太太都买他演唱会的单。

苏州码头不及上海大，但在本地也看过来自北方的狼——齐秦，看过嗓音过硬但略显悲情的蔡琴，看过苏打绿，看过纵贯线，看过五月天，看过水木年华……

至于在上海和本地都看过的，细想一下，就只有周华健的个唱了，还都不止一次。

一直以来，就觉得周华健的演唱会是最值回票价，也是最值得去现场的。他的每一首歌大家都会唱，每一首！他的声音很稳，很多歌更像倾诉，起承转合处有着独特的层次，产生出不一样的质感。没有华丽的舞台设置，没有多变的演出服装，甚至没有嘉宾，一个人，一支麦，三个小时，四十多首歌，唱得全场沸腾——你觉得怎样？

他不是梦中情人，他更像邻家哥哥，朴实、温和、内秀，还有一点点幽默。他会在"再爱我吧，再爱我吧"的呼喊之后，来一句"难道你真的那么傻？"他会模仿你的口气，戏谑地唱："明天我要嫁给你啦，明天我要嫁给你啦，要不是你问我，要不是你劝我，要不是适当的时候你让我心动……"就像隔壁人家出来进去的男孩。歌里的他，是一个好爱人，还是一个好父亲，他过着一种特别稳妥的日子，但每一天都清新如画。

记得有一场，他居然把民歌《凤阳花鼓》改编得非常带感，为此他还专门拜访了老艺术家郭兰英。因为太喜欢这一场，我还买了同名的 VCD，它不仅带来了美好的旋律，也见证了这位"国民歌王"的流金岁月。

人总有这样的心理，对于轻易拥有的事物不会珍惜，也不会急着去实现，可是一旦做不了，就很遗憾。我现在对演唱会也是这种心情，幸好还看过几次。如今后悔的是，当时为什么不多看几次呢？回味也可以更多。

近日看到疫情防控常态化，不建议跨省旅游，不能聚集这些消息，不禁对相关行业心生恻隐。健康当然比娱乐更重要。

旅游还勉强可以去周边，电影院、演唱会复工暂时还看不到头，业界该是挺纠结的吧。

其实近年的演出市场已经走了下坡路，话题更多的是盯着流量们的上座率判断是红还是糊。能开得了个人演唱会的歌手越来越少，重要的原因是难以再有全民级的红星，以后小场地的演出可能更会是主流和常态。

一种已经开始流行的方式是线上音乐会，也就是直播。比如我前不久在抖音看了潘玮柏的"沙发音乐会"，肯定没有现场演唱会那种激动人心的气氛。最好笑的是他唱着唱着说饿了，到厨房给自己煮了一碗牛肉面，端出来大快朵颐。但既然人们都无法聚集，让音乐突破场地的限制自由生长，隔空一起听歌、聊天，分享心情，也是难得的释放。

回想最近一次看周华健唱歌，还是在 2019 江苏卫视跨年演唱会上，他唱了《刀剑如梦》和《忘忧草》，实力依然，感动如初，现场的中年观众都情不自禁地加入合唱，年轻一点的观众却已经不知所措。

近年来他经常出现在电视上，或当评委，或当导师，我有一点失望，但随即释然。岁月是把杀猪刀，若是你见到当年曾仰慕过的邻家哥哥，也不会比这个情况更好。

希望不久又能去看他的演唱会。在现场听到久违的歌声，才确定春天真的来了。

和巨星的身份自然相待

刘德华主演的《失孤》2015 年上映。

我还没看过这个电影。我也不是来评论、推荐这个电影的。

听说，编剧彭三源拿着自己的导演处女作剧本《失孤》找到刘德华，让他出演一位儿子被拐卖的落魄农民工，投资方华谊兄弟公司气得简直要翻脸了。

"你怎么可能找刘德华去演这个？第一，他愿意演吗？第二，他像农民工吗？第三，观众相信吗？"制片人说。

但刘德华接了这个戏，且波折再三，他都一诺无辞。

眼下，网络上对《失孤》的讨论也已经如火如荼。

"除去明星光环，为什么选择刘德华来演一位中国农民工？"一名网友问。

"那么请您先告诉我，刘德华为什么不能演一个农民工呢？"另一名网友这样回应。

⋯⋯

这个男人不是天才，他拍过很多烂片，早年唱歌也很难听。

在他奋斗的 40 多年间，多少明星沉浮兴衰，但他却凭着自己的勤奋与执着，成为平凡时代里的"不朽神话"。香港人将不问出身不服输的精神，称为"刘德华精神"。

一方面，人们对他的欣赏早已远远超过了对一位帅哥偶像的追捧。2012 年香港一家社交网站举办一项民意调查，让网民提名香港特首候选人，刘德华以 32% 的支持率高居榜首。2013 年，刘德华接受香港无线电视节目《最佳男主角》访问时，主持人让街头市民提问，市民问的是："华仔到底睡觉不睡觉？""你平常吃饭的吗？"

另一方面，从接下电影《失孤》角色的那天起，他立刻停止了护肤和打理头发。他裸晒太阳，胡子拉碴，学习农民工戴头盔、骑摩托车、拿皮包、吃盒饭的姿势，他还让工作人员向农民买来他们的旧衣旧鞋作为戏服，拍戏时他的形象足以乱真，甚至真的被拍摄现场的保安当做"围观的农民工"驱赶过。

……

刘德华没有微博，也没有推特，因而他不会时时刻刻展露生活场景，不会猛然出现在你的生活里。他是一直拼命保护私生活的人，乃至于"隐婚"多年，引发过偶像危机。他极少上街，不参加真人秀，避谈自己的私生活，也不向粉丝报告行踪，为了成全他的"偶像生涯"。这种生涯，由孤单开始，也鼓励孤单，孤单成了他自我实现时的奖品。

杜拉斯说："写作是世界上最孤单的事业。"这话也可以用在巨星身上，但这种孤单却有正面的结果。一个人的坚持和勤勉会保护他，让他得以沉浸在自己的世界里；很多的刻意时间一久成了习惯，让他可以"戴着镣铐自由地舞蹈"；可以在记者们提出比较麻烦的问题时回答，"一切都在我的作品里"；在明星热衷于用绯闻提升个人附加值的时代里，也不用绯闻制造新闻动向，拒绝了自黑之类的方式。

他从来没有虚伪地否认外界赞叹他的巨星形象，他极为珍视自己的完美形象，但他也不会为此而抗拒那些会打破他固有形象的角色，他对自己的形象充满自信，使得他具有胆魄和砝码，去挑战一个个看似危险的角色。我一直觉得，刘德华是与自己巨星的身份相处得恰到好处的那种人，这种恰到好处，只有一个词可以形容，那就是"自然"。

是的，他待在自己的巨星身份里，就像我们普通人待在家里那样自然，可以有条不紊地做很多事：要当偶像，要当歌手，也要当一位实力派演员，还要投资电影。这些事情有时相得益彰，有时互相牵扯，微妙的平衡不容易把控，时而突破，时而周旋，时而稳步前行，他对保持平衡表现出了足够大的自信。想象你在家里，煮着饭，看着碟，一边还敲着字，忽然想喝咖啡，起身去厨房，还不忘按一下电视机的暂停键……就是这样的自然。

看他如何穿越"罗生门"

一直以来,我并不太热衷黑泽明的电影。

早年看过《七武士》和《姿三四郎》,也看过《罗生门》,画面一律黑乎乎,显得故事更加诡异,和好莱坞大片的华丽没法比,同时代的许多日本电影都比它好看得多。

多年以后,我读黑泽明的传记《蛤蟆的油》,读完略略怔了一会儿,他电影里的许多细节逐一重现……好像终于懂得了黑泽明的孤独、愤怒和无奈。

日本民间故事记载:深山里有一种其丑无比的蛤蟆,人们抓到它后,将它放在镜子前面或玻璃箱内,蛤蟆在镜子里一看到自己的外表,通常会吓出一身油。这种油,却是用来治疗烫伤烧伤的珍贵药材。

黑泽明的《蛤蟆的油》正是采用了这个民间故事的含义。他晚年回首往事,自喻是那只站在镜子前面的丑陋蛤蟆,吓出了一身"蛤蟆的油"。

黑泽明以一个老年人的模糊,写了他人生中的一些片段:孩提时代孱弱的"夜哭郎",痴迷于绘画和电影,幸得启蒙而踏入电影界,直到最后如何执导《罗生门》等影片而成为世界级的导演……父母、哥哥都是令人心动的人物,还有意气相投、终生相伴的小学同学植草,开发他创造潜能的老师立川,前辈导演山本嘉次郎,电影与剑道、大地震、叛逆与彷徨、战争的阴影……都从黑泽明的视角跃然纸上,极富故事性和镜头感。

黑泽明的文字给我最强烈的感觉是直率浓烈,正如他一直以来给人的印象。他是一个喜怒哀乐都毫不掩饰的人,能读到他有时扬扬自得的感觉。写到生气的事情,又会气得浑身发抖掷笔写不下去,悲痛起来会毫不掩饰地潸然泪下。他形容自己,是一个笨拙得"拨电话号码的手势像黑猩猩"的人……

他写的有一件事特别打动我。——当时为了拍电影《最美》,他训练参演的女演员们像普通人一样专心致志地劳动,不再有镜头面前的表演意识,只关心手上正在做的事情,每天在工厂上下班体验生活。结果这些女演员们拍完这部电影,基本上都离开了演员行业,去结婚或者去做其他工作,成为一个真正的"普通妇女"。

他的文字不卖弄高深,他不是大师,不是电影泰斗,不是一个传奇,更不是神。他就是一个平常得你几乎认不出来的小老头,一个夏天身穿老头衫、手持破蒲扇的小老头,从街头巷尾走来……到某一天,一个合适的时刻,关于他的细节却会漫卷无边地涌动而出……

他愿意自己的人生,是这样开头而且的确是这样开头的:

"我光着身子坐在洗脸盆里。屋里光线昏暗，我坐在洗脸盆里洗澡，两手抓着盆沿摇撼。洗脸盆放在从两边朝中间倾斜的洗澡间的地板正中间，被我摇得直晃荡，洗澡水噼啪作响。我这么干大概感到很有趣吧。我拼命地摇这脸盆。结果，一下子就把盆摇翻了。"

我想，对于某些七窍未通的摄影师和准导演来说，以后知道镜头该怎么给了吧。

他愿意自己的传记，是这样结尾而且确是这样结尾的：

1950年拍《罗生门》，三个副导演读不懂剧本，黑泽明给他们解释：电影描写的就是不加虚饰就活不下去的人的本性。电影拍完，公司老板看完样片大发脾气，说看不懂电影要说什么，甚至取消了下一部电影拍摄的合约。此时，《罗生门》获得威尼斯电影节大奖的消息传来，紧接着还获得奥斯卡最佳外语片奖，黑泽明一跃成为世界级大导演。

这一事件给日本电影界带来巨大的冲击，而先前大骂他的老板，则频频在电视镜头前面接受采访，大谈"都是由于他的推动才拍成了这部作品"。

黑泽明看到了人性的可悲——人很难如实地谈自己。这才是现实中真正的"罗生门"。

《蛤蟆的油》写到这里戛然而止，因为黑泽明不能确信，他是否如实地写了自己？

漫画是什么？

　　原本以为自己对日本漫画家手冢治虫，虽不算熟悉也基本了解，多年前陪儿子看《铁臂阿童木》和《森林大帝》的情景还历历在目，并由此引发了对他作品的兴趣，《小飞龙》《怪医黑杰克》《三眼神童》《火之鸟》等等，都想方设法搞来看过且念念不忘……

　　最近，得到了他的亲笔自传《我是漫画家》中译本。读过才体会到，他所处的年代，久远到我父辈的那个年代，书中前半部分所提及的众多事件和人物，都非常陌生。

　　少年时一心痴迷动画的他；画得不好遭到前辈奚落的他；战时饿到皮包骨、头顶上炸弹呼啸还要画画的他；在从医和画漫画之间迟疑不定的他；与好莱坞动漫导演迪士尼、库布里克交往的他……手冢治虫奠定了现代日本漫画的基础，也影响了后代无数漫画家，他终其一生都将漫画与社会紧密连接，向读者传递生命的价值，并执着地探究：漫画是什么？一个漫画家到底该做什么？

当然，读这本书更多地是为了乐趣：内容轻松幽默，小开本重量轻，精装的红蓝配色养眼而有质感，图文穿插超过瘾。

手冢迷都知道，"手冢治虫"只是个笔名，"手冢治"才是他的真名。因为太喜爱各种昆虫了，所以他决定笔名加个"虫"字，意思连贯，又可爱，还有辨识度。

在学生时代，他就每日画画张贴在厕所蹲马桶时视线正对的墙上，又每天撕下前一天的画，再贴上新的漫画连载，自称是"厕所派画家"的练习形式。一年看电影超过 300 部，所以后来他的漫画有很多电影手法，也特别适合改编成影视剧。

还有，谁能料到这位"漫画之神"，竟然是一位优秀的医学博士！当报社编辑去找他约稿时，猛然间见到一位穿着白大褂、挂着听诊器的男人冲出来，还以为自己认错了人呢。日本的医学专业是很难考上的，但手冢治虫画稿的工作越来越忙，他的教授只好劝他放弃当医生，"手冢呀，你就是真当了医生也不会是个好医生，说不定还会医死病人"。

还有，手冢是个出了名的"拖稿专家"，对作品的反复琢磨和修改，弄得凡是与他打过交道的编辑，都被他的拖稿行为折磨得死去活来……最有趣的莫过于，一些编辑竟通过心急火燎地帮他做涂改画稿工作，最终锻炼成为职业漫画家。

书里随处播洒的谦和幽默，也逗得我全程发笑。

比如："又要我结婚，又要我隐居，还要每天做一百个俯卧撑。这些事是可以同时做到的吗？我郁闷不已，又一次从二楼摔了下去。"

"这谣言听上去可够蠢的，但我还是慌得一蹦三尺高，决定养五只烈犬看门。"

"最适合日本人戴的还是头巾，有一种农民的特色，也适合日本人天生贼一样的面孔。"

……

读完后我在想：不知道现在的新新人类对于手冢治虫有多少了解？他的作品影响了几代人的成长，让懵懂中的孩子们突然发现：世界如此多彩，想象无远弗届。还有，成功固然离不开天赋，可天才要成功也需要竭尽全力。

摘抄几句《我是漫画家》里的话来结尾吧——

"现代人的生活既不合理又不安定，前途茫茫，不知去往何处。如何将积郁心头的苦闷最快最清晰地向周围的人表达？恐怕还是用漫画最合适吧。

漫画是虚像。漫画是感伤。漫画是抵抗。漫画是自慰。漫画是情绪。漫画是破坏。漫画是傲慢。漫画是爱憎。漫画是迎合。漫画是好奇。漫画是……

今天、明天、后天……漫画都在不断分裂、繁殖，它在一点点变化着。"

亲情片，还是恐怖片？

最近看了几部"恐怖片"。其实都不是恐怖片，是正经标注的"亲情片"。但看完这些电影后，我的统一感觉就是恐怖。

《海边的曼彻斯特》。李在自己的家乡是一个"名人"，这个男人整天垂头丧气的，是老家人眼里的丧门星。他当年因为酒后的疏忽，让自家的房子着火了，三个孩子都死于火灾。这段经历太恐怖，令他完全丧失了基本的生活乐趣，变成了榆木疙瘩，妻子也与他离了婚。原本避走他乡、隐忍沉默的他，因为哥哥的去世必须回去照顾侄子，在回到伤心地后，前妻向他倾诉歉意，他哭得稀里哗啦地逃走了。最后安顿好侄子，他依旧回到了原来的城市，像以前一样，做一名打黑工的物管打杂人员。

《爱》。2013年获得奥斯卡时已看过一遍，不知怎的，鬼使神差又找出碟来看了一遍，体味更深的恐惧。两个相爱的人面对步步逼近的死亡，如何有尊严地死去？苟延残喘的安妮已经完全丧失了自我照顾的能力，乔治眼看着爱人饱受病痛折磨而无能为力，尽管安乐死已经成为社会话题，但涉及到每个人身上，却永远存在着天人交战的痛苦和争议。乔治最后用枕头捂死了安妮，替安妮在生死之间做出了残酷的选择。对他来说，这就是他对安妮的爱，爱她，就是要让她有尊严地活着。

《一念无明》。证券公司职员阿东照料卧病在床的妈妈，意外失手导致妈妈死亡，因为阿东患有躁郁症，被判了一年的精神病院救治之后，做货柜车司机的父亲把他接回到仅容一人转身的上下铺隔断房。阿东想努力融入新生活，然而在狭小逼仄的空间里，父亲枕头下放着自卫工具，好友投资失败跳楼自杀，前女友在教堂里宽容背后的强烈恨意，用人单位听到躁郁症后避之不及，邻居为了安全要求他们搬走，这种种令他找不到一个抒发情绪的角落……于是他强拉起来的，脑袋里的那根弦，再次"啪"地一声断掉。

其实阿东是个孝子，父亲和弟弟都不管生病的母亲，他管。近乎偏执地不将母亲托付给养老院，屎尿完全不能自理的母亲对阿东毫无顾忌地发泄恶毒，这在中国式的亲情关系里也并非少见，太过粘稠的关系导致了失去分寸感和羞耻心。看得人不寒而栗。

有一个词叫"沉没成本"——假设你花 50 元买了电影票，但这电影很难看，你应该离开电影院吗？这就是沉没成本。经济专家建议：应该离开。钱已经花了，但如果继续坚持下去，牺牲的还有你的时间、精力和心情，所以对这个沉没成本，只有切割。

但是问题来了，假如沉没成本对应是你的家庭，是你的亲人呢？

　　这几部电影就似乎都在问：假如你的亲人，就是你的沉没成本，怎么办？——是像《海边的曼彻斯特》中的李那样背着罪恶感沉入黑暗里偷生，还是像《爱》中的乔治那样用杀死妻子的方法还她以尊严，抑或是像《一念无明》里阿东的弟弟一样，避走美国，与家庭的一切乱七八糟进行了冷酷无情的彻底切割。当父亲走投无路打电话给他时，他淡定地说，钱不是问题，但我绝不会回去。

　　这个问题在今天很难有答案。所幸的是，在快速发展、冷酷麻木的社会运转成一部失控机器的同时，能有这样的充满人文关怀、专业水平在线的电影出现，对我们芸芸众生来说，虽然恐怖，也是一座警钟，一种幸运。

　　看完《一念无明》走出影院，是明媚的春天，强烈的反差让我犯晕。我一直是香港电影的粉丝，近年来香港的商业电影很不景气，但是，一旦把视角聚焦到冲突、矛盾、压抑的市井人物身上，就会发现，香港还是那个香港，我能感同身受《一念无明》的煎熬，《踏血寻梅》的绝望，以及《桃姐》带来的暖暖人情。所以，恐怖之后，我的进一步感觉是：明天很可能不会更好，承认这一点是好好活下去的方法。

她的世界里，只有人性的考量

阿加莎·克里斯蒂的《东方快车谋杀案》又出新电影了。不知道为什么，电影公司特别钟爱这部小说，它改编次数最多，配置最华丽。阿婆粉（阿婆是东方对阿加莎·克里斯蒂的尊称）对此又爱又恨，爱无需多言，恨则永远觉得"改编不到位"，口水和板砖齐飞。

很多著名的人物都不耻于承认是阿婆的粉丝，比如作家王安忆就曾反复强调阿加莎对她的影响，还写过研究阿加莎的专著《华丽家族——阿加莎·克里斯蒂的世界》。也总有大明星愿意在她的作品中演上一个小小的角色，比如英格丽·褒曼曾在1974版的《东方快车谋杀案》演了一个修女，还获得了奥斯卡最佳女配角。2017年则有强尼·德普，他演了那个人人憎恨的死者——美国富商雷切尔，出场不到20分钟就挂掉了。

《东方快车谋杀案》故事发生在伊斯坦布尔开往伦敦的东方快车头等车厢里，阿加莎很爱旅行，她的作品经常在豪华酒店中完成。当年我去伊斯坦布尔的时候，专门膜拜了一下她住过的佩拉宫酒店，昏暗，华丽，走廊空无一人，容易有灵感。阿加莎在 411 房间完成了《东方快车谋杀案》的初稿，今天这个房间依然保留着她下榻时的陈设。

其实，在破案情节和精彩程度上，东方快车不是阿加莎小说中最上乘的，杀人动机也不是最合理的，联想起另两本被多次改编的小说《尼罗河上的惨案》和《阳光下的罪恶》，案情都不是最烧脑的（至少对阿婆粉来说是如此）——它们赢在了对人性的剖析上。

东方快车里，波洛唯一一次放过了凶手，搞得每个人都像是为了正义去杀人，其实他们不过是为了让自己的内心获得安宁，一意去报恩或者杀仇罢了。我一直觉得这部小说有一种特别浮夸的仪式感，一群人聚在一起像是在演戏一般。

尼罗河惨案，富家女被人一枪打穿了脑袋，头等舱客人全都是她的仇人。可为什么穷小子愿意和前女友结盟，去完成这么高难度的杀人计划？比较合理的解释是穷小子太了解前女友了，知道她是绝不会善罢甘休的，他又垂涎富贵，于是成了前女友的傀儡。

《阳光下的罪恶》里的凶手夫妻更像是一对生意伙伴，联手处理掉一个对自己的魅力过分自信的中年女演员。阿加莎对爱慕虚荣的女人是毫不留情的，女演员以为小伙子被自己的魅力折服，谁知遇上拆白党，人家要的是她的钻石，还有命。

阿加莎的高明之处就在这里。她是个冷静的处女座，不是言情小说家，她的世界里没有舍生忘死的爱情传奇，只有对人性的精准考量。TA与其是爱TA，不如说是惧怕TA，为了保命参与了杀人；或者为了贪图钱财卷进了命案，直至无法脱身。

这些小说都有共同的特征：一群人在一个密闭空间，火车、游轮、海岛；死者是非常讨厌的人，每个人都有杀TA的理由，各种有用和无用的细节掺杂在一起，形成烟雾让你困在思维的死胡同里。不过读者就是要和阿加莎进行智商的角力，如果在谜底揭开之前猜出凶手就算你赢。——这是本格派推理的迷人之处。然而只要揭开了谜底，大多数都没有必要再读第二遍，相比社会派推理的宏大深邃，放更多的笔墨在深入探讨犯罪的动机上，因为被尘世裹挟而生出无穷的魅惑，本格派推理难免显得过于狭窄、机巧和刻意了。

阿加莎的可贵在于她把巧思和人性结合到了一起，这使得她的小说具有了一次次重读的可能。纵然知道富家女是被闺蜜所杀，仍会为这个执拗、自卑又绝顶聪明的女孩慨叹。纵然案情大白铁证如山，波洛也会放过精心策划谋杀的12个凶手。

阿加莎·克里斯蒂结过两次婚，第二任丈夫比她小14岁，是她外甥的同学。她曾经梦想成为一个公爵夫人，但大人们告诉她，这是不可能的，因为她是平民出身，不可能跟贵族结婚，当然也就不能获得公爵夫人的头衔。她说，"这是我与命运的第一次遭际。世间许多事情是不可得的，就像是分到手里的牌，无法挑剔，只能筹划好，尽最大的努力一张张打出去"。她最终获得了英国女王册封的女爵士封号，到了老年依然好看，有趣。

退休后在厨房里写妈妈

"厨房大概四平米，水池、灶台和冰箱占据大部分空间，再也放不下一张桌子。我坐在一张矮凳上，以另一张略高的凳子为桌，在一叠方格稿纸上开始写我们一家人的故事。那年，我的母亲——也就是书中的秋园，她的真名是梁秋芳——去世了。我被巨大的悲伤冲击，身心几乎难以复原。我意识到：如果没人记下一些事情，妈妈在这个世界上的痕迹将迅速被抹去……"

写下这些文字的人，名叫杨本芬，1940 年出生的她，已是一个不折不扣的老人。她的写作居然是从退休以后的花甲之年开始的。2020 年 6 月，她的第一本书《秋园》出版了，那时她已经 80 岁，书里的"秋园"是她的妈妈。

这个秋园，是一家药房老板的小女儿，小时候裹过脚，在洋学堂读了两年书后，自作主张放开了脚，于是那双"解放脚"跟了她一辈子。

1937 年日军攻陷南京，大小官员陆续往重庆撤退，秋园跟着军官丈夫仁受也在其中。轮船中途停靠在汉口码头，仁受带妻儿下船，回湖南湘阴老家，看望将自己辛苦养大的瞎眼老父亲；又为了照顾父亲，仁受没有回去履职，一家人就在老家定居务农。

秋园46岁那年，丈夫去世了。她白天在民办学校教书，晚上做针线活，养活儿女。日子最难熬的时候，她带着孩子流落到湖北汉川，直到晚年才重回湘阴。

2003年，89岁的秋园去世了。遗物中有件棉袄口袋里装着一张小纸条，上面写着："一九三二年，从洛阳到南京。一九三七年，从汉口到湘阴。一九六零年，从湖南到湖北。一九八零年，从湖北回湖南。"一生尝尽酸甜苦辣。

杨本芬在厨房里写妈妈，写了两年，看报道，她的稿纸足足有8公斤重。这些文字后来被她的女儿敲进电脑，发到某论坛上。

杨本芬说："喜欢它的读者还真是多哟。他们给我留言，说我写得真实，写得有感情……"这些故事在网上挂了十多年，直到2019年的某一天，有出版人读到了其中的几篇。

《秋园》是一个老同学推荐给我的，不厚不重，一口气就读完了。

轻轻的一本，沉沉的一生。一部中国社会变迁史，浓缩真实地从一个家庭的变故中钩沉出来，接近白描的手法，记录了众生在一个世纪里的随波逐流和顽强求生，隐忍、刻苦、勤勉、不屈，掩卷难忘。

杨本芬不是专业作家，素人写作，没有任何技巧可言，诸多细节，自然质朴。

诸如：秋园买鸡为生病的丈夫补营养，却被怀疑偷窃而遭批斗；她忙于干活顾不上照顾孩子，小儿子不幸溺水身亡；为了养活孩子，她顶着流言改嫁；她常说的话是"不是日子不好过，是人不耐烦活了"。晚年，儿子在她的床底下居然发现了两枝竹笋，这两枝笋要从山上地底下钻进房里，不知需要花多少力气挣扎出头……

我觉得那竹笋仿佛就是秋园本人。

没有太大的悲伤，只有长长的叹息，这种感觉，很像当年读完路遥《平凡的世界》之后的感觉，心里满当当、沉甸甸的。作者的女儿——那个把妈妈写的故事录入电脑的女儿说："外婆、妈妈这些被放逐到社会底层的人们，在命运面前显得如此渺小无力，仿佛随时会被揉碎。然而，人比自己想象的更加柔韧，她们永远不会被彻底毁掉。当之骅——我的妈妈——在晚年拿起笔回首自己的一生，真正的救赎方才开始。"

最近读了几本老年人写的书。有日本畅销书作家松浦弥太郎的《今天也要用心过生活》，也有80岁不退休的医生中村恒子写的《人生值得》……在他们的书中，无论喜悲，都是从容的模样。读着读着，云淡风轻。

我们选择这一行的原因

2016 年奥斯卡颁奖典礼当天，单位的公共资讯空间设有电视直播，但凡能挤出点时间的人都聚集在那里，隔着几道墙，也能听到欢呼声一阵接一阵——莱昂纳多摘得小金人固然众望所归，但太没悬念了也就平平而已；最高潮的一次集体欢呼，则发生在最佳影片《聚焦》被揭晓的那一刻——很明显，记者们对讲述另一群记者改变世界的故事更为认同。

之前我也刷过一下屏，其实《大空头》《荒野猎人》《聚焦》都是非常棒的作品，《大空头》举重若轻，《荒野猎人》气势磅礴，《聚焦》则静水深流，但我内心还是偏向《聚焦》更多一些。

尽管告别一线记者的岗位转做"管理"已经好多年，即便做记者的时候写的也大多是些零碎，但当我在电影里听到"报道这样的故事，是我们选择这一行的原因"的台词时，还是燃得不行。在传统媒体日趋寒冬的年代，《聚焦》的出现，几乎带有某种悲壮的色彩，它如实刻画的职业操守和执行典范，仿佛是对曾经的黄金岁月的致敬。

《聚焦》改编自真实事件，2002年，美国《波士顿环球报》的"聚焦"专题报道组，用一整年时间连续发表了70篇报道，揭露了波士顿地区90名牧师长达数十年涉嫌对男童性侵的事实。这组报道震惊全世界，获得了次年的普利策新闻奖。这个事件本身颇具话题性，但电影讲故事的节奏风格却极其冷静。影片对《波士顿环球报》记者工作的再现，犹如记者们当初对事件的报道过程一样，严谨、理性、克制，却充满了激情。

《聚焦》的剧本、摄影、剪辑都有如教科书般经典。长镜头沉着稳健不抢内容，多线叙事却剪辑明快，尤其值得称道的是表演，大腕云集却无绝对男女主角，正像一个出色的新闻报道小组所需要的那样。

喜欢影片里迈克尔在采访受害者时的细节：隔桌对坐，没有把笔记本放在桌面上，而是眼睛始终看着受访人，在问话的同时，悄悄在桌下做记录。这种细节只有当过记者才能体会，当面记录更像庭审，受访者容易警惕和分心。

最令我赞叹的是影片的后半段，对"获得普利策奖"只字未提，结尾收在读者打爆了热线，忙碌的新闻人一如既往地冷静回答："你好，这里是聚焦。"记者，也许是所有"高光职业"里最需要自觉与光环保持距离、永远隐身于热闹背后的人，这个结尾堪称耐人寻味。

距离《聚焦》中的故事发生也不过就是十多年时间，我们已经快速跨入了一个"新媒体时代"，沟通传播的途径被无限拓宽，各类媒体层出不穷彼此争锋的结果，是"观点多于求证，情绪多于思辨，强烈个人风格"几乎成为脱颖而出且无往不胜的利器。所有的公众新闻事件，所有的私下人际往来，如今全成了情绪宣泄的出口。

你看，几张真假未辨的照片，引来一个春节的眼球与口水；名人曝出绯闻八卦，便蜂拥而上用刻薄的言辞抖机灵。当然这也不是多大的问题，大家生活里的压力都需要释放。只是如此一来，基于事实调查的深度报道空间却在日趋一日地缩小，如果你对某些事件背后的原委、诉求、目的有所好奇，也难以得到真相了，因为报道真相太费时间，太花精力，承受的压力太大，付出的成本太高，弄到最后还往往搞得自己遍体鳞伤，真是得不偿失。

记得一个做深度报道的同行曾对我叹道，这几年读到的优秀纪实报道，几乎都来自《GQ》和《时尚先生》两本时尚杂志了。

所以，《聚焦》这样的电影在今天的意义在于：它令人再度深思——不是因为报纸和电视的出现，才产生了有理想、有担当的新闻从业人员，而是因为"善意和正义"本身，导致了有理想、有担当的人投身媒体行业，用出色的新闻报道，推动了社会的进步。

这一点对所有的媒体和媒体人来说，难道不该是一条铁律？

一场关乎嗅觉的旅程

有时在淘宝上逛香水店，买香水，兼看买家秀和卖家秀。

同一款香水，每个人的穿香感受都不一样，A 说是上等精致信笺的纸香，B 说是寺庙焚香之后的烟气，C 则说类似某种动物的分泌物……"甲之砒霜，乙之蜜糖"这样的巨大反差，没有比气味诉之于人的感觉更确切传神了。

《调香师日记》。作者是让·克罗德·艾列纳。如果你不了解香水，对这个名字是会感到陌生的，像天花板上掉下来的灰尘，他是谁？是干什么的？但假如你是一个接触香水已久的人，那么对 Jean Claude Ellena 这个名字会感到如此熟悉，并且立刻亲切地称他为 JCE（姓名缩写）。

JCE 估计是在中国流传度最广的调香师，没有之一。他调制的爱马仕花园系列，在香水圈中家喻户晓，常年占据销售榜单。他出身于法国普罗旺斯的香水世家，现在是爱马仕的御用调香师。《调香师日记》与其说是日记，不如说是他的心情随笔，零零散散抒写心绪、感想、生活趣味、个人审美、人际关系，对香水和香水行业的看法等等，他的形象也在字里行间逐渐地明晰起来。

从书中的照片可以看到他的工作室。几个装着香精素材的瓶子、一堆笔记本，工作室的窗外是地中海。即使在全神贯注的工作中，海潮的呼吸也会让他记起，那海环绕着他。每次出差回到工作室，像老同事一样和他打招呼的，是满屋子关住的香气，和正在实验状态中的某款香水。

"这个周五，许多摊贩卖带着胭脂红的小型冬季梨，梨香冲天凌驾整个市集。"

"在日本，碗盘也有时序之异：冬季用瓷，春季用竹器，夏天用玻璃，对眼睛和味蕾来说，没有一次不是惊喜。"

"我领着几位宾客去阿尔卑斯欣赏薰衣草田，闻闻快乐鼠尾草香，其中几人很快就逃回巴士，躲避那凌风吹进鼻腔仿佛人类汗液的鼠尾草味道，但我，能在这些花里找到我的野性、凡人、生命的气味，我真是喜翻了心。"

"身为调香师，我想唤起一种气味时，会使用符号。这些符号拆开来看，和我想传达的内容风马不接：'绿茶'从未使用茶，'尼罗河花园'没有芒果，'大地'也不见燧石⋯⋯然而人们却都感受到了这些气味。"

⋯⋯

这样的描述，几乎让我立刻想起出自JCE的几款著名香水：地中海花园，大地，绿野仙踪，鸢尾浮世绘⋯⋯

他的工作，是用数年的时光，用一朵花等待开放的耐心，反复删改调整配方，调出属于一款香水的暗影和清新，达到满意的气味表现力。"这是一场关乎嗅觉的旅程，承载了诗一般的回忆"，诗人用文字打捞一闪而过的灵感，而 JCE 则用化学方式捕捉那道灵感。

因为 JCE，我才明白，香水也要留白，寻找每个人自己的情感记忆与之交互，就像每一部小说都有自己的臆想角色一样。

也是 JCE 让我懂得，不要用香水留香持久作为评判香水高级与否的标准，劣质香水也会用大量定香剂延长扩香时间；还有，香水不是为了还原某种气息，所以至今那些只是在还原某种气味上做文章的香氛品牌，我并不追逐。

我一直觉得，气味是直通人类记忆的那道门，尘封已久的往事，会被某种细微的味道唤醒，和视觉听觉相比，嗅觉更加微妙私密，且完全属于你个人。

JCE 在《调香师日记》里，谈论自己"梦想的香水"时这样说："我梦想中的香水是用来感受，只在吸气的当下体会，而非用来擦抹的香水。它不是配件，无法穿戴，也遮掩不了什么，它只是情绪。"对此，深切同感。穿香，其实就是穿过生命中一个个难忘的瞬间。

一人，一事，一辈子

　　知道志村福美这个名字，缘于某次看NHK（日本放送协会）播出的对日本传统艺匠大师的采访，采访的对象有豆腐师父、寿司师父、染织师父等，染织师父就是志村福美。旧式作坊的情趣，人与技艺倾心相依、扶持走过的岁月，令人心折。日本把手艺人称为"作家"，也让这个词顿添了亲切感。

　　还记得志村福美在片中说起廖蓝底染，就像说起心爱之人一般深情款款，"要说染蓝有什么困难么，那就是察颜观色。蓝的心情不好，就不漂亮，一次染得太多，蓝就会疲劳。反正要让它正常发挥，就要用那么多时间，因为蓝是活生生的……"

　　1924年出生在滋贺县的志村福美，是日本国宝级的染织艺术家，以使用植物染的线编织的绸丝织物而闻名。前不久听说她的传记随笔集《一色一生》的中译本出版了，马上下了单。到手之日正是白昼最短的冬至日，迫不及待地读完后，觉得此时的氛围与"一色一生"格外贴合。用一生探索一色，必经的暗浊一定长过夜尽后的光明。

一人，一事，一辈子，染色、鉴色、收集织物，竭尽一生之力制造和传播美丽，为一种好看的颜色等上一年多……只觉得志村福美的织染如同艺术创作，她的一字一句又像经纬交叠穿梭，透露着美感，她的思考，也像植物染般纯净天然。

　　"长年与植物染料打交道，我遵循着某种牢不可破的法则。譬如春日薄暮时分，京都的山峦雾霭迷离，笼罩在一片难以言状的蓝紫色柔光中。这种色调，来自湿润的自然所酝酿的微妙变化，要织出这样的颜色是至难的事。但正如一方水土养一方人，只要与自然的流转朝夕相对，人心终能通晓这些美妙色彩背后的自然条理，色彩便会在某一刻不期而至。这一切不称之为技巧，而是对自然的回应。"

　　"时常，我会将这一束线置于案上，静观不语。凝视久了，恍惚觉得它已不是一束线，而是一卷正向我传诵内义的经文。这束线已放了七十多年，与正红相比，它略带黄调，近似于燃烧的火焰，却又极静，是至今依然闪耀着深邃光辉的绯红。这种深茜染，染一贯线要用一百贯茜根，须耗费一年半时间，在茜染的染料和锦织木（榊木的一种）的木灰水中反复交替浸染一百七十次方可染成。"

　　"今天直到黄昏都在与色彩游戏。年轻时的我，更多的是在与色彩搏斗……因年岁的增长，比年轻时更多了一份从容，更大胆地织入各式色系，就像在与色彩交谈一般，又仿佛游戏一般。有时候，也像在敲击音键，沉醉于丝丝余韵之中。鸠羽鼠色的经纱幽淡，如一幅色调微妙的画布，用薄鼠、薄茶、薄紫色调都无法准确描绘……"

其实我对日本人甚为推崇的"植物染织"无甚了解，也未见过志村福美的作品实物，但仅仅通过这样的文字，其织物中不可思议的色彩就迷住了我。那植物染色，纷繁却又浑然天成如风过，如雨落，如云开，如霞灭，超越了视觉的愉悦而仿佛打通了五感。

书中还记有她获得染织原料的许多有趣故事。

"每年深秋，一位家住大德寺的老妇人都会专程给我送来上好的栀子果实。由它染出的颜色非常新鲜，稚嫩如雏鸟。"

"山边散步，忽见一位正在焚烧山茶废枝的老人，山茶的灰是染色最好的媒染剂（提高染料牢固度的材料），当场下订单，每年获得了一批山茶灰。"

"过去，樱染也曾给过我类似的体验。于细雪潇潇的小仓山山麓，我曾偶遇一位正在砍樱树的老人。我从他那里讨得樱枝，回去后立即熬煮浆染，染出了如桦樱般浅浅的樱色。"

一个从事艺术评论的朋友说，"日本的许多工美书都可以读出爱情和宗教的意味。专注绝对不是狭隘，只是集中全力以作品去建造与生命的连接，让即使千百年之后的人，也能摸出那创造一刻的体温"。如志村福美，她对自己所做之事的郑重和委身，就具有这种"爱情和宗教"的意味："色彩不只是单纯的颜色，它是草木的精魂。色彩背后是一条从一而终的路，有一股气韵自那里蒸腾。那是比色彩更古老的、慈悲的爱。"

因为相知，所以相惜

电影这东西真的是没有标准的，明明电影扑街，却有人看得落泪。同事看了试映回来眼圈还是红红的，说，你一定要去看看《天才捕手》这部电影。

周末去影院看了，片中每个人的演技都值得拿奖，剪辑流畅，摄影舒服，妮可·基德曼老了但很美，传奇编辑和天才作家，代表了我们最常见的两类英国绅士，一个低调傲娇，脆弱之处绝不轻易外漏；另一个风流倜傥，常有惊人的叛逆之举。这是一部优雅、细腻而沉闷的电影，但请不要称它为基情电影；另一个提醒是，对闷片忍耐力不足的人也慎进。

1927 年，美国纽约的斯克里布纳出版公司，打算出版沃尔夫的自传体小说《天使，望故乡》，这部小说的手稿有 1000 多页，编辑珀金斯对内容进行了大刀阔斧的删减调整，沃尔夫信赖珀金斯的睿智和洞见，珀金斯则青睐于沃尔夫的天赋和才情，《天使，望故乡》大获成功，沃尔夫一举成名。事实上，早在和沃尔夫一拍即合以前，珀金斯就已经为海明威、菲茨杰拉德等享誉世界的大作家做过图书编辑。

扮演沃尔夫的裘德·洛，多年之后，不再是当年的英俊小生，终于打破了自己貌美如花的刻板印象，成了一个不靠脸而是靠气场吃饭的演员。与之演对手戏的奥斯卡影帝科林·费斯，仍然是那个初见觉得不够热情，熟络起来方觉学识渊博，知根知底后才知如此深情的绅士，他就是一个立体版的高冷男神。

影片大篇幅刻画的是沃尔夫第二部长篇小说《时间与河流》的出版过程。沃尔夫的《时间与河流》草稿达 5000 页，整整 3 大箱，珀金斯认为小说太过繁冗，必须删减。为了完成小说的修改，两人整整 9 个月几乎是吃住在一起，每天就一个章节、一个段落、一个句子乃至一个词的修改进行无休止的讨论和争吵。他们之间的友谊也一天天愈发牢固，甚至影响到了他们各自的家庭，家人不免对他们产生误会，沃尔夫神经质的爱人科琳甚至对珀金斯拔枪相向。他们两人如此黏在一起，难道真的仅仅是一个编辑与一个作者之间的关系？

的确不是。他们因为工作而相识，但这两个男人吸引彼此的，却是各自的才情——就如本片英文名"genius"所言。沃尔夫对珀金斯说："我这一辈子，从来没有过朋友，直到我遇见了你。"珀金斯面对妻子的不满时，也这样解释，"像托马斯这样的作家，我可能一生只能碰到一个"。看着这些我就想，凡夫俗子的我们，选择朋友的标准是什么呢？忠诚，慷慨，财富，地位，幽默风趣，善解人意……可以肯定：一般不会将才情作为选择朋友的标准吧！

才情并非友情的充分条件，却可以说，伟大的才情可以催化出伟大的友情。从先哲身上，可以窥见才情交锋给人带来的巨大愉悦感和成就感，让自己不断成为更好的人。因为相知，所以相惜；因为棋逢对手，所以欲罢不能。

《时间与河流》出版之后，沃尔夫的自大自傲让他与珀金斯分道扬镳。不久后，沃尔夫在旅行中患上恶疾，并最终英年早逝。他临死前给珀金斯写信，说，无论发生了什么，他们的感情从来不曾破灭。收到信的珀金斯，看到了医院的名称和沃尔夫的笔迹，起身关上了办公室的门，回到了座位上，第一次在影片中，摘下了那顶标志性的，即便在家中吃晚饭都不曾脱下的帽子，缓慢地拆开了信封开始阅读，眼中尽是泪水。影片戛然而止。

这部电影在任何档期中也不会显得夺目。它胜在温婉绵长，但在另一些人眼中不免觉得拖沓无趣。其实我也觉得它不太像一部美国电影，反而有点英剧的闷骚和厚重。在爱情和梦想之间抉择，在理性与猜疑之间徘徊，那种纯粹生发于才情的欣赏、智慧的交锋以及对完美的共同追求，太令人心向往了。今天，人与人的友谊越来越流于功利和庸俗，观影的过程，就当是为内心冲个淋浴洗洗尘吧。

电影升字幕了，大家都没有离开座位，半黑半明中听着《阿夫顿河静静流》——那是珀金斯最喜欢的曲子。

后记：这是老天送给我的一件礼物

一直以来就觉得，读书是不需要学习的，它几乎是人的一种本能，类似渴了要喝水、困了要睡觉的本能。

也可以说，阅读这事儿，或许和天性有关。

回想我开始认字的那个年代，和书毫无缘分。那是一个鼓吹"读书无用"的时代，我亲眼看见一群戴红袖章的半大孩子，原本正当读书的年纪，却到处搜出厚厚薄薄的书，在天井中央堆着，像个大坟包，点上了火，火势猛烈地燃烧起来，最后成为一堆黑黑白白的灰烬。

年纪稍大些，又经常被"书的饥渴"啃啮得心痒难耐。有次从学校图书馆围墙缺口钻进去玩，看到大堆被封存的书，左看右看，实实在在是一本都放不下来，就挑了几本藏在书包里带回去了。看完以后，又悄悄把书扔回图书馆围墙里面，心里还七上八下好几天。

直到老同学聚会，还会有人提起：早先在哪里，看到我直接坐在水泥台阶上埋头看书的样子，其他人都走光了，我还没发觉，成了小伙伴们集体嘲笑的对象……其实我自己也觉得挺难为情的，但忍不住还是要看。

……

我就是在那样一个不读书的时代，成长为一个标准的"书虫"。直到今天，常常看到很多父母，又是胎教又是陪读又是补习，软硬兼施，反复折腾，无奈孩子还是不爱看书。我就会想，也许，这算是老天送给我的一件礼物。

记得杨绛先生这样说过："有些人之所以会不断地成长，是有一种坚持下去的力量，好读书，肯下功夫，人要成长，这背后的努力与积累，一定要数倍于普通人。"确实，有很多人的阅读，多多少少正是为了杨先生所说的"成长"。

而我呢？我读书的出发点，似乎又并不是这些，要简单得多，我只是为了享受，为了享受弥漫于胸间的那份满足。

我根本说不出自己读的那些书，是否长出了有利于助跑的韧带？是否充实了脑袋里的各路神经？是否延长了掌心的生命线条？我只能清楚地感受到那种满足感，我那颗缺得千奇百怪的心眼，书就像是一块块恰到好处的拼图，完完整整地把它填充上了。我为的就是这份完好无缺又天衣无缝的满足感。

这样的人并没有什么可自豪的。这个世界上有大堆的"书虫"，他们都活得平平常常，简简单单，没有太多惊喜和剧情，反倒是常有厌倦、常有苦恼、常有阻碍，但正如王尔德说的那样，"只要有书就能活下去"。还不仅如此，在和现实世界死磕的时候，正是那些书给你美感和力量，让你渐渐拂去肤浅庸俗，将你乱糟糟的生命，梳剔精致。

这个集子里的文章，大部分曾刊发于我在《姑苏晚报》的专栏"那些书和人"中。

这个专栏写了有七八年了，借结集之际，向专栏的先后两位编辑——刘放先生和褚馨女士致以衷心的感谢，谢谢你们给我带来的诸多快乐。

也感谢《姑苏晚报》的众多读者，喜欢你们的点赞、批评和观点争论。爱读书的人都是同道中人，在你们那里，我获得了许多欣慰。

最后还要感谢王建波先生，大力促成了这本书的结集出版，并承担了繁琐的出版事宜，使得整理文稿成书的过程，成为一段纯粹愉快的时光，衷心感谢！

沈小华

2021 年 9 月